小山評定

安田 稔
Minoru Yasuda

文芸社

発刊に当たって

小説『小山評定』を発刊するに当たって、今、社会が東京一極集中になり、地方との格差が拡大し、政府は地方創生を謳い文句に、予算を地方にバラマキ、地方の活性化を図るべく、知恵を奮ってハード面に金をつぎ込むことを主としているが、ハード面だけにつぎ込んでも、本当の地方の活性化にはならないと思っている。日本の長い歴史を再発見して、ソフト面を充実し、社会に地方の特色と素晴らしい歴史の遺産を知らしめ、その地方にしかない特色を生かす工夫があると思う。歴史の遺産を地方の人達にその良さを知ってもらい、素晴らしい地方の良さに自信を持っていただくことであろうと思っている。

筆者はいろいろな人に小山評定のことを聞いてみたが、知らない人が大半であった。栃木県で生まれ育った人でさえ、小山評定を知らない人が多すぎるのである。小山評定は徳川家康が小山の陣屋に到着した時に、石田三成が大坂で挙兵をしたため、豊臣恩顧の大名を懐柔して、会議を開いたことをいう。武将たちは徳川家康に挙って味方し関ヶ原に向かって、西軍の旗頭・石田三成を倒し勝利を収めた。それ以前は、長い日本の歴史は関西・特に京都や大阪を中心として、政治・経済が発達してきた。

徳川家康が江戸・東京に城を構えて、幕府を開き、政治・経済を司り、各大名に江戸に屋敷を構えさせ、江戸と地方との交流をさせ、各大名に参勤交代をして経済を疲弊させ徳川幕府の長期政権を作り上げた。その為、明治維新により、天皇まで江戸・東京に居を構え、名実と共に、東京が日本の中心地になっていった。今年は徳川家康の死後、四百年の節目に当たり、小山評定を再発見して、地方の活性化になればと思っている。なお、小山評定によって、この栃木県にはゆかりの土地があちこちに発見されている。

小山市長の大久保寿夫氏は小山市を知らしめる為に、『小山評定武将列伝』を刊行している。徳川家康の謀臣の本多正純は本多正信の嫡男として生まれる。下野国小山藩主後、同宇都宮藩主（第二十八代宇都宮城主）に、結城秀康は徳川家康の嫡男である。小山評定後、上杉景勝を牽制するという留守居役で宇都宮に駐屯させた。藤田信吉は下野国西方藩初代藩主（現在の栃木市西方町）になった。信吉が上杉景勝の代理として新年の祝賀の為、上洛した。徳川家康は信吉に好意的であったようである。上杉景勝の後に越後に移封した堀秀正が、上杉に謀反ありと訴えたことで、上杉と徳川の間で緊張が高まった。その理由で、家康は上杉討伐を行ったとされている。真田昌幸・信幸・幸村親子等は佐野市犬伏で「犬伏の別れ」をして、昌幸・幸村は西軍に信幸は東軍に参加していった。
武将以外に天海僧は徳川幕府に顧問僧として参画した。宇都宮の粉河寺（現在の栃木県庁跡地）の皇舜に師事して天台宗を学んだと言われている。このように栃木県の各地は関ヶ原の戦いにおける重要な位置を担い、その後、江戸・東京は政治・経済の中心地になった。いわば歴史の転換点になった地域でもある。小田原評定は「会議の行く末が決まらない」ものであり、小山評定は「歴史の転換点」を指す、もっとも重要な位置付けである。貴重な歴史のドラマを学び、この尊い地域に誇りをもって、栃木県の名前を高揚し発信したいと願っているものである。『小山評定』を刊行して、栃木県の各市の町おこしが出来れば幸いと思うものである。

二〇一五年六月二十一日

著者　安田　稔

目次

小山評定

豊臣秀吉の死後

一五九八年（慶長三年八月十八日）に伏見城にて太閤殿下豊臣秀吉が死んだ。秀吉の正室である北の政所（寧々）は秀吉と夫婦の契りを結んでから、約三十七年間苦楽を共に人生を歩んできた。その北政所が大坂城にみきりをつけて、豊国大明神として、まつられた秀吉の廟の近くに、徳川家康の援助をえて、高台院を建ててすぐに髪を下して今後の人生を静かに送るつもりであった。寧々ほど波乱万丈の生涯を送った女性もまれであった。秀吉が亡くなってから、北政所と淀殿（茶々）との女の確執が次第に激しくなった。北政所が子飼いとして育ててきた武断派の福島正則や加藤清正、浅野幸長、黒田長政等と、淀殿と共に官僚派として知られた石田三成や小西幸長や長束正家等の争いが絶え間なく続くようになっていった。

秀吉が生存していた時は世継ぎの秀頼という大きな支柱が秀吉によって、まとまっていたが、秀吉の死後は一気にその鉄壁な城塞も揺らぎ始めていった。一見巨大な城郭も外からは何の変哲もなくそびえ立って見えるが、大坂城の内部は地球のマグマがゆっくりと動き出そうとしていた。北政所と淀殿との日常の些細な出来事がそのマグマのエネルギーを大きくしていった。淀殿は大坂城で北政所が一緒にいると、元々生まれと生い立ちにも歴然とした格差を鼻にかけるきらいがあった。寧々の実家は浅野家であり、下級武士の出であったが、淀殿は大名家の出であり、織田信長の妹でお市の方を母方にもち、近江の大名浅井長政の娘であり、歴然とした上流階級の出であった。

北政所にしてみれば、豊臣の天下は夫秀吉と苦楽を共にしてきた為に、この巨大な城郭と手塩にかけた武将を育て上げた功績に由来するものであった。それが秀吉は生まれも育ちも貧しかったので、大名家に憧れ、織田家に仕え、織田信長の草履取りから這い上がり天下の主になって、夢にも描けなかった現実を肌身に感じた時に、大名家の娘をこの手で抱きたいとの願望から淀殿を側室に迎え入れたのである。秀吉は自分の生まれに、終生コンプレックスを感じ、大名家の生まれに強力な羨望と憧れがあったために、天下人になってからそれを現実化させて世間へ自分をアピールしたかったのである。

寧々は尾張の国の杉原定利の次女として生まれる。寧々の兄弟は木下家定、長生院、杉原くまであり、叔母の嫁ぎ先は浅野長勝の養女となり、浅野家の娘となる。寧々は一五八八年に朝廷から従一位の称号を授かり、女性としては最高の位を受けたのである。茶々は大名家の生まれだが、位は随分低かったので、このことにおいても、淀殿からすれば、気位の高い性格から、馴染めなかった要因でもあった。

秀吉の亡き後、徳川家康は大坂城で執務をするにも、北政所に随分と気を使っていた。この巨大な鉄壁な城郭を崩壊させる手立ては、北政所を存分に利用しなければ、容易にできないと感じていた。それには豊臣恩顧の大名との縁戚関係を先ず作り上げることであった。秀吉が床に伏し、豊臣政権の五大老および五奉行を枕元に呼び、「わしの亡き後も大名間の婚姻も認めない」ことも誓紙を出させて、禁じていた。

秀吉は病に伏した時に、秀頼が成人するまでの間、五大老・五奉行制を作り、豊臣政権の安定を図るべく、制度改革を試み、秀吉の死後も盤石なものにすべく、役割分担を敷き、五大老には徳川家康、前田利家、毛利輝元、上杉景勝、宇喜多秀家を、五奉行には石田三成、浅野長政、前田玄以、増田長盛、長束正家を選び、重要な政務を処理する役割の上にいて、政務を統轄した最高の執政官を五大老が執り仕切ることにしたのである。

徳川家康は五大老に任命され、この巨大な城郭に頻繁に出入りするようになってから、この城郭は北政所と側室・淀殿との争いの渦の中で、太閤殿下の恩顧の大名の中でも、確執の渦が出来上がり、もう後戻りができない状態になっていた。秀吉は五奉行の中で石田三成や長束正家等の官僚を五大老と分けて、政務を執り仕切ることが次第に溝を深くしていった。

太閤殿下豊臣秀吉は我が子秀頼を可愛がって、自分の死後も豊臣政権を長く続かせようとして、死後の世界を秀頼に盤石の基礎を作るべく、自分の目の黒いうちに体制の確立を急いだのであった。しかし、大坂城で今までに作られた仕来りや、人事面で体制が出来上がった中で、秀吉が寧々ともに二人三脚で命を懸けて作り上げ、そのために、多くの子飼いの武将達に、官僚派として政務を執り仕切る役に石田三成を筆頭に権限を与えて、武断派として活躍した加藤清正や福島正則を遠ざけてきたことが、一番の政争の種を作り上げたのであった。

武断派の加藤清正や福島正則等は豊臣秀吉が天下をとり、秀吉は自分の野望を遂げるために、朝鮮はもとより唐天竺の征服までを夢見て、朝鮮半島に出兵をして、武断派の武将たちは自分の城持ち大名が財政的に疲弊し、命がけで朝鮮に於いて戦っているのに、大坂城で石田三成等が我々に（加藤清正や福島正則等）に命令して、食糧の倹約等をさせるように、天下人（秀吉）の虎の威を借りて、命令を下していることが耐えられなかったのである。

しかし、豊臣秀吉が亡くなると徳川家康はすぐさま今まで自分を抑え付けて来た夢を今度こそ実現するために、秀吉の遺言も意に介さず、豊臣恩顧の諸大名と婚姻関係を結び、徳川家の強化に努めはじめたのであった。秀吉は諸大名との婚姻が勝手に作られると力関係が変わってくるので、それを一番恐れた。五奉行の一人であったわずか十九万石佐和山城主の大名石田三成は、故太閤殿下の五大老、五奉行の前で「大名間の婚姻は禁じていた」にもかかわらず、徳川家康はそれを無視して、次々と秀吉の遺言を破っていることに腹を据えかねていた。

生真面目な石田三成は徳川家康の横暴に耐えられなくて、異をとなえると、豊臣恩顧の大名間でも騒がしくなっていった。しかし、石田三成がいくら家康を糾弾しても、家康を恐れてか、常日頃の三成の性格からくる自尊心と度量のなさや権威をひけらかすことが災いして、豊臣恩顧の大名は見て見ぬふりをしているのが現状であった。なお秀吉の死後、淀殿が息子である秀頼を生んでから、何かにつけて出しゃばって、巨大な城塞の中で世継ぎである秀頼を後ろ盾にして権力をふるうようになっていった。

ただ、前田利家は五大老の一人として、石田三成のいうことも一理あると思い憤慨したので、大名間や大坂や京の町人までもが、騒然としていた。それには家康といえども、世間の評判を気に留めていた。しかし、この巨大な豊臣政権をひとつずつ根底から覆していかなければ、家康は戦いのときには勝利はおぼつかないと思っていた。そのために家康は北政所の力を借りなければ、豊臣恩顧の大名は自分の味方になってくれないと感じていた。

家康は自分の本心をおくびにも出さず、ただひたすら豊臣政権および豊臣秀頼のために、自分の行動を正当化することに努めた。家康は大名間や世間の評価を上げるためには、北政所と淀殿との確執を利用することが一番得策であると思っていた。北政所と懇意にしている大名と淀殿に近い大名とを洗い出して、徹底的に利用できるものは利用し、反目させて、渦をまき散らせれば、この巨大な城郭であっても陥落することはいとも簡単にできると感じていた。

秀吉亡き後は豊臣恩顧の諸大名より、徳川家康の禄高の大きさは歴然としていた。家康は子供の時から今川義元の人質になり、今川義元が織田信長に桶狭間の戦いで敗れてからは、織田信長と同盟を結び長い間、信長に背くこともなく、従順に従ってきた。家康は我が子の信康と自分の正室である築山殿が武田信玄に内通していると徳姫（信康の正室）が信長に手紙を送って、自分の夫（信康）の行状を正そうと思ってか、もしくは少し注意をしてもらいためか、そんなに悪意があったわけでもなかったが、信長はその手紙に激怒したのである。

徳川家康はその時も、自分の息子である信康と正室の築山殿を信長の命令によって、信康を切腹させせ、家康によって築山殿は殺害されたが、謀反を起こさなかっただけでなく、従順に従ってきた。それとも信長の怒りの恐怖に耐えることができなかったかである。家康は信長の性格を知り抜いていたから、その危険を冒してまで、信長に背くよりは従順になっている今の自分の生き方が、一番適切であると思っていたに違いない。

生真面目な石田三成が家康の一挙手一投足に五大老や五奉行に家康の行状を暴き、家康を非難していった。三成は豊臣家の為にただ一途に豊臣秀吉の御恩に報いろうとしていたのである。一五八五年豊臣秀吉は豊臣政権が出来上がり天下人になってから、内政面に明るい実務肌の石田三成を重宝した。調子にのった三成は豊臣恩顧の大名達にも命令するようになっていった。しかし、福島正則や加藤清正等はこの政権を作り上げたのは俺たちが命がけで戦いぬいたからであり、三成のような若僧に何ができるかとの思いがあった。

三成が家康の横暴を非難すればするほど、豊臣恩顧の大名たちには三成が自分の為に、家康の行状より、淀殿と豊臣の力を借りて、豊臣家を利用しているとしか、映らなかったのである。乱世の世の中は知恵があれば人を動かせると石田三成は思っていた。しかし、三成という若僧には真の社会の成り立ちが判ってなかったのである。どんな正義を、またどんな真実を言っても、豊臣の諸大名の中で佐和山十九万石の小大名石田三成の命令には、納得できる重みがなかったのである。

石田三成が家康の行状を暴いても、三成に同調しようとする人が少なかったのである。

三成は豊臣恩顧の大名たちに、家康の悪行を述べても三成を本気になって支持するものは少なかった。そのたびに、三成は苛立っていた。何が何故あれほど太閤殿下に恩を受けたのに、その恩に報いるということができないのか、三成自身でさえ、苛立っていたのであるが、しかし三成は今まで先輩諸大名に対する接し方が、知をひけらかす態度であったことさえ気が付かなかったのである。

誰しも自分の非は気付かないのが人間である。正義と真実を理解してもらえれば、しかも豊臣秀吉の恩顧の大名は理解してくれるものと思っていたにちがいない。石田三成は徳川家康の今までの行状と生前の秀吉が命令した誓紙（大名間の婚姻）に違反したこと等のことを事細かく暴き、各大名間に知らしめれば、必ずや理解を示してくれて、豊臣恩顧の大小名は一致結束して、徳川家康を糾弾してくれるものと期待していた。

三成は家康の行状を暴くことが、豊臣恩顧の大名が挙って、家康を攻めたて、淀殿の元に馳せ参じて、いつしか家康との決戦なれば、自然と三成の旗のもとに集まって、家康打倒のため、雪崩を打って、家康を討つために、自分の命さえ惜しまずに、協力をするものと考えていた。

一方の家康は北政所にしげしげと足を運んで、北政所の心をつかみ、自分は秀頼が成人するまでの間、豊臣政権を末永く、支えるだけで、このこと以外に何の望みもないと言って憚らなかった。一方の三成は淀殿を立てて、自分の為に利用しようとしている。豊臣政権は北政所様と太閤殿下の二人三脚で命を懸けてこの城郭を作り上げたのに、淀殿は北政所様をないがしろにして、三成と共にこの巨大な城郭を自分の為に、天下を横取りしようと思っているに違いない。家康は「わしにはこの年になって、そんな大それたことは望んでおりません。三成を成敗するためにお力をお貸しください」と北政所に耳うちした。

淀殿（茶々）

淀殿は一五八九年（天正十七年）山城国に淀城を与えられ、鶴松を出産した。秀吉は今までに何人もの側室をもうけたが、いまだに子供に恵まれなかった。それが男の子を生んだので、秀吉の喜びは天にも昇る思いであった。秀吉は生まれが卑しかったので、自分が羨望の眼差しをもって、抱いていたことが実現し、思いが叶ったことに狂喜した。

しかも、淀殿は織田信長の血筋を受けた大名家の出である。淀殿を側室にすることが、誰が見ても天下に示すことが、秀吉の願望と自尊心を高める狙いであった。正室の北政所は下級武士の生まれだが、淀殿は格式の高い大名家の出（織田信長の妹お市の方を母方に持ち、浅井長政の長女）であり、美貌の持ち主であったことが、無い物ねだりの秀吉の望みを満足させたのである。

その淀殿に待望の子が生まれたのである。鶴松を生涯丈夫に育て上げるためには、生まれた子を一度棄てることが、丈夫に育つという迷信にかられたのである。天下人になった秀吉でさえ、そう思い込んで、「お棄て」と呼ばせたのも無理はなかったにちがいない。戦国大名は戦に出るときは必ず、占い師や祈祷師を連れて、合戦の行方を占っているが、織田信長や豊臣秀吉は占い師や祈祷師のことを信用しなかった。

織田信長は田楽挟間での戦いに、今川義元には勝てないと誰しも言っていたが、降伏して今川義元の傘下に入って、生きながらえて自分の運命を託すことにかけるか、それとも乾坤一擲にかけて、自分の運命を切り開いてゆくかに遭遇したが、信長は「敦盛のなかにある、人生五十年下天のうちとくらぶれば、夢幻のごとく、なりにけり、ひとたび生を得て、滅せぬ者のあるべきか……」を舞い終えると、全軍に士気を高め、熱田神宮に臣下を集め、銅貨が裏表を同じに鋳造して、高く天に上げて、この銅貨が、表が出れば、吉である。信長は手にした銅貨を臣下の前で、高々と上げて地上に落ちた銅貨を手に取り、表がでたので、この戦いは我にあり、と臣下をその気にさせて、今川義元の本陣に向かって戦いに挑んだと伝えられている。臣下はこの戦いは必ずや勝つとの思いで、奮戦して勝利を収めたのである。

羽柴秀吉は本能寺の変にて、主君である織田信長が明智光秀の謀反により非業の死を遂げ、主君の仇を討つべく諸大名に書状を送り、明智光秀を討つために応援を求めたのである。明智光秀や縁戚関係にある細川藤孝がキリシタン大名であり、京都の近くに城を構えている高山右近や中川瀬兵衛や光秀に恩を受けた筒井順敬らは、光秀には大将の器にあらずとして、応援を要請されたが無視したのである。

そのため、信長の傘下の大名は挙って羽柴秀吉の弔い合戦に馳せ参じたのである。秀吉は光秀を撃つと筆頭家老の柴田勝家と賤ヶ岳の決戦前に、三男の信孝と上席家老の滝川一益と手を結んで、秀吉と交戦した。伊勢長島で滝川一益を包囲し、降伏させた。大垣城で信孝を包囲しながら、秀吉は黒田官兵衛に三千の兵を与え、この地に生まれ育った石田三成や近江地方の地理に詳しい大谷吉嗣に大量の金を持たせて、農家に一軒ずつ当たり、約十両を与えて松明を持たせたため、夜空に二〜三万の兵力が夜空に松明の光が引き締めにあったように柴田勝家側に映ったのである。賤ヶ岳に北陸から南下して二月二十八日の午後の八時ごろ、柴田勝家軍がこの狭合地に陣取った。勝家は秀吉が伊勢長島と大垣城にくぎ付けで、身動きができないと思っていたが、目の前の光景を見て佐久間盛政も唖然とした。

　秀吉は大垣城から馬を飛ばして賤ヶ岳まで五時間を要するから、午前一時頃には到着するとの計算があった。それまでは少々の銃撃戦を演じて時間をかけて、黒田官兵衛は秀吉軍の到着を待ち、一気に柴田勝家軍を攻めたてる方針であったが、前田利家は秀吉とは子供のころから垣根の隣同士で織田信長の臣下であり、秀吉の正室である寧々と利家の正室であるお松とも仲が良かったので、秀吉と戦うことに大きなためらいがあったに違いない。

　その前田利家は軍をまとめて、北陸に帰ってしまったのである。これで戦いは秀吉の勝利になった。この戦いの前にも、占い師や祈祷師は秀吉に伊勢長島の滝川一益や信孝を相手にして、更に勝家を迎え撃つには三重の敵を相手では勝てないと秀吉を諌めたが、秀吉は頑として聞かなかったのである。この戦いこそが乾坤一擲の戦いで、こんな吉日がないとして進軍させたのである。不利な状況を臣下に元気を与え、士気を奮起させる能力が大将の器であることが証明されたのであった。

　そんな秀吉でさえも、自分の子である鶴松には迷信に目がくらみ、「お棄て」と呼ばせて生涯末永く、豊臣家の安泰のためとはいえ、迷信でも占い師や祈祷師の意見にも耳を傾けたことは驚くほかない。自分の行く末には命も惜しまずに戦ってきたが、我が子のことになると、神仏や占い師に頼る気持ちは老いすぎた証拠であろうかと考えさせられた。

淀殿は一五八九年（天正十七年）に鶴松を生むと今までと人が変わったように、傲慢になっていった。淀殿は生まれも家の格式も北政所の下級武士の生まれとは雲泥の差があったが、北政所は一五八八年に朝廷から従一位の称号を受けた。女性でこれだけの称号を受けた人は今までいなかった。淀殿は格式もあるのに、このように北政所と大きく違うことが、女性の嫉妬をさらに大きくしていった。

北政所と縁戚である浅野長政は側室である淀殿が毎日の生活において、立ち振る舞いが横暴になってくることを見ると居ても立ってもいられなかった。心の広い北政所様のお気持ちを察すると長政はさぞ悔しかろうと思うのであった。世継ぎが誕生して太閤殿下はさぞ喜びであろうが、寧々様はさぞ悔しかろうと考えた。

淀殿は多くの侍女に取り囲まれはしゃいでいるが、一方の北政所は元気がなくなっていった。そのことが毎日くり返されると、女性同士の戦いはほんの些細なことでも大きくなっていった。浅野長政はこのことが火種になって、そのしこりが大きくなれば、この巨大な城郭も崩壊しかねぬと思うのであった。

鶴松を生んだが、三年ほどたったある日突然死んでしまった。秀吉の落胆ぶりは計り知れないほどであった。淀殿も悲しみに明け暮れて、鶴松が亡くなったのも、自分の手もとで育てなかった為であると、正室の北政所を恨んでいた。当時の社会では側室の生んだ子であっても、世継ぎは正室が育てる慣例であったことが、悔やまれてならなかった。

北政所にしてみれば、豊臣政権は私と秀吉が作り上げたのに、いくら子を生んだからと言って、城内で大きな顔をして振る舞っている淀殿を許す気にはなれなかった。鶴松が亡くなったことに、北政所は一応ほっとしていた。子が生まれなくても、今のままがいかに平穏であるかを肌身に感じ取っていた。

北政所は秀吉が今までにも、手当たり次第に側室をもうけたが、だれも子をもうけることができなかった。それが淀殿にだけ子ができたことに、不信感を抱いていた。歴史に「もしやの」仮定が成り立たないが、淀殿は果たして、秀吉の子を生んだのか、それとも他の人の子かもしれないと感じていた。秀吉のことは三十年近く人生を共にしてきたので、なんでも知り尽くしていた。自分の夫のことは他の誰よりも知っているつもりである。秀吉には子種がなかったと思えるのである。

北政所の侍女たちの話では大蔵卿局の子である大野治長か、それとも石田三成の子とも考えられる。しかし、その証拠となると、はっきりとしたものがない。現代の世ならば、DNA鑑定でもすれば分かるが、当時ではどうにもならない。その苛立ちに北政所は何か秘密事が淀殿にあるとして、このことがいつしか頭をもたげてくるのである。

太閤殿下秀吉は女のことでしょっちゅう北政所を苦労させ、人間の本質は自分より身分の低い女性には寛容になれるが、自分より身分の高い女性となると自尊心が許さなかったに違いない。戦国期には身分制度がしっかりしていたから、なおさらであった。秀吉は名門に、とにかく弱かったのである。

北政所は足軽頭の木下家の娘であるが、水飲み百姓の出である秀吉より身分がずっと上だから、恐らく秀吉の元へ嫁いで行ってやったという自負があったものと思われる。秀吉が次第に出世していくなかで、京極家の娘に手を出した時に、寧々は信長に自分の夫が浮気して困るということを直訴したことでもわかることだが、京極家はかつての名門中の名門で、守護職の家柄でもある。寧々にしてみれば、京極家の娘に手を出す前にも秀吉は、しょっちゅう女には手を出していたが、あまり怒らなかった。しかしこの一件だけは寧々の自尊心が許さなかったと思われるのである。

淀殿は織田家の出であり、大名家の浅井長政の娘故、寧々よりは非常に格式のある家柄である。その上に、淀殿は非常に傲慢であり、ヒステリックな性格が寧々とうまく溶け込めなかった。それが大坂城という巨大な城郭を崩壊に導いていく原因になったのである。北政所は日本において、朝廷から従一位の称号を受けたが、淀殿にしては自分の方が生まれも家の格式も高いのに、身分の低い者に気を使い、その上、寧々は正室であり、自分が側室であることがどうしても、受け入れることができなかった。

淀殿は鶴松が亡くなって、強力なよりどころを失って、今までのような元気がなくなっていった。北政所はそんな淀殿のしぐさを横目に、これで大坂城も安泰であり、元の大坂城となるとほくそ笑んだ。

寧々は秀吉と共に今までの長きにわたって、命を懸けて今日の自分たちの地位を手に入れたものを、途中から秀吉の側室になって何の苦労もせずして、今の地位を得た淀殿を許せなかったのである。

秀吉は鶴松の死後、ショックが大きかったので、世継ぎは早々と甥の秀次に決めてしまった。寧々にすればこれで女の確執がなくなり、ほっとしたところであった。秀吉は世継ぎに亡くなられて、意気消沈し、陽気な秀吉とは打って変わった様子であった。だから、もう自分は年も五十歳の半ばを過ぎ、世継ぎができないと思い、秀次に決めてしまったのであった。北政所は表向き世継ぎがなくなったので、悲しんでいるようだが、心の中では城内が落ち着いたと安堵したにちがいなかった。

北政所は豊臣秀吉の世継ぎがなくなって、平穏に暮らせれば、従一位に上り詰めたことで満足であった。秀吉と共に築き上げた巨大な城郭であったが、世継ぎがもうけられない自分を責めた。この運命にはどうすることもできなかったが、子に恵まれなくても、夫である秀吉の女好きに泣かされて、その苦労を思うと、世継ぎなどが側室に生まれない方が、どれだけ女の幸せが得られるかを北政所は思い知ったにちがいなかった。

北政所（寧々）

北政所は自分の夫である秀吉に連れ添ってから、毎日が翻弄されつづけてきた。寧々にとって、一日たりとも気を許せる日がなかったように、思えるのである。しかし彼が亡くなるとその心配がなくなり、淋しさと心の緊張感もなくなり、この巨大な城郭の中で側室の淀殿との確執だけが表面化して、どこの家庭にもあるような世の小さな争い事に巻きこまれて過ごすことがばからしくなってきた。

秀吉が亡くなると、今までと打って変ったように、豊臣の家臣でさえも、秀頼を後ろ盾に淀殿や石田三成等が勢力を増してきた。北政所の地位も大きな変化を生じて来た。今までは秀吉の正室である寧々はたくさんの側室や家臣の中でも一番慕われていた。巨大な城郭の中でも、京極龍子や織田信長の血筋を引く側室等とは比べられないほどの力があった。

秀吉の遺言によって、秀吉が亡くなると、秀頼はその年の翌年、西暦一五九九年（慶長四年）正月に、伏見城にいた秀頼と淀殿は大坂城に入り込んできた。大坂城は豊臣政権の中枢的な城であり、伏見城とは比べられない規模であった。秀吉の世継である秀頼が入城すると、今までの様子が全く変わっていった。寧々は下級武士の出であり、今日に至るまで幾多の苦労を嘗め尽くしてきたが、秀吉が亡くなると淀殿の侍女たちでさえも、北政所の侍女を見下ろすような態度になっていくことに、腹に据えかねるようであった。

寧々は大坂城の本丸を譲り渡して、一五九九年（慶長四年）の秋に西ノ丸に移り住むことになった。今まで傅いてきた侍女たちも寧々が作り上げた大坂城は太閤殿下がなくなっても北政所様のものだから、そんなに小さくなる必要がないでしょうと言って、大きな反対をしてきた。しかし、彼女は秀吉が在世している時は豊臣恩顧の大小名が誰しも頭を垂れてきたものを、亡くなるとこれほどまでに人の心が変り果てるのかと思うと、心の淋しさに耐えるのにやり切れない思いが先立って、この城に住む気になれなかった。

寧々は太閤殿下が天下をとるまでは、自分の下に何かと相談や頼み事等の為にいそいそとやってきたものが、秀吉の死と共に手のひらを反すようにめっきり少なくなってきた。そんな中で、寧々の身内である浅野長政や手塩にかけてきた加藤清正や福島正則等は、寧々の下にやってきては気遣いしてくれたのである。何でもないことでも、寧々にとって心が一番休まる思いであった。

一方の近江地方を中心とした官僚派の石田三成は、今まで豊臣秀吉が天下を平定すると各大名をけん制し、統制するために奉行職に就かせて睨みを利かせていた。この巨大な城郭の中で、三成は事務方として、能力を発揮して、秀吉が言うがままになって、各大名をコントロールしていった。その三成が毎日城内にいて淀殿と接触する中で、気心も知れ年齢も近いこともあって、次第に淀殿も何かと困りごとでも相談するようになっていった。

豊臣の諸将も石田三成が秀吉の死後、秀頼の後ろ盾を得て、何事も淀殿に相談して寧々への気配りもせずに、政務を執り仕切っていた。寧々にとってはこの城郭は住みにくいところになった。寧々は豊臣秀吉の正室であり、秀頼の嫡母（母親）であり、朝廷から授かった従一位の称号を持ち、豊臣の諸将には敬意を示されるべきであるが、先ず、三成や茶々には気に障り、そのことが寧々との間で確執を生み、溝を大きくしていった。

寧々が西ノ丸に移り住みぼんやりと外の景色を眺めていると、秀吉と共に無我夢中で歩んできたことが走馬灯のように浮かんでは消え、消えては浮かんできた。足軽から一歩でも階段を上がると、「寧々よ！　上様から、褒められたんだ」と少しでも加増されると喜びを体全体で表して、秀吉がはしゃいでいる姿が懐かしく感じられるのであった。今の生活には何の支障もないが、何かを追い求めていく夢など抱く気にもなれないのであった。

浅井長政殿と上様である織田信長様との戦いのあと小谷城が落城し、長政殿の正室お市の方と三姉妹の救出に秀吉が関わり、秀吉は「お市の方」に憧れ、羨望の思いを抱いていたことを、寧々は生活を共にしていて手に取るように感じていた。秀吉は足軽の出であり、織田家のしかも主君の妹である「お市の方」には人一倍強い思いがあったにちがいなかった。

浅井・朝倉連合軍は降伏すると、信長は木下藤吉郎を小谷城の城蕃として浅井軍の処理にあたらせた。姉川の決戦は合戦場付近が「血川」という地名として残っているのは、当時の激戦振りを想像させられることでもわかるのである。寧々は藤吉郎からそのことを聞いて知っていた。浅井長政やお市の方の三姉妹が自分の父親が叔父にあたる信長に降伏し、自刃して目の前で果てたことは幼い三姉妹の気持ちを察するに忍びなく耐えられない気持ちに寧々はなった。

寧々はもしこの戦いに負ければ、私たちも同様な運命をたどるであろうと思い、この乱世に生きながらえるのはいかにして勝ち抜くかであり、またどんな想定外のことが起こり得るか天命にかかっているし、人生とは運がなければ生きながらえないと感じていた。

寧々は今までの人生が秀吉と共に天運に恵まれたおかげで、ここまで命をながらえてこられてきたことに感謝するのであった。

その上に、賤ヶ谷の戦いで柴田勝家軍に勝利し、北ノ庄を包囲し、勝家は自刃し、「お市の方」を救出しようとしたが、お市の方は秀吉の懸命の説得にも関わらず、秀吉に仕えるなら勝家と共に自刃した方が幸せであるとした。三姉妹には何の罪もなく一緒に自刃させないように勝家は秀吉に懇願した。織田の血筋を受け継いで、生きながらえて再びこの世に織田の血に花を咲かせる為に、救出を願ったのである。秀吉も「お市の方」の三姉妹には同情し生命だけは助けたいと思っていた。

寧々は幼い三姉妹が二度までも、いかに戦国の世でも目の前で親が自刃し、命を落としたことにどんなに悲しみと無念さに生きた心地がしなかったであろうと思った。そこで寧々は三姉妹の悲惨な状況をみて、戦いの非情さと虚しさにこの世に戦のない世の中を作りたいと思った。上様（織田信長）のお蔭で、天下人として、上り詰めてこられたのも、ひとえに上様に拾われたからだと思った。

その御恩の為に、寧々は秀吉に上様の妹である「お市の方」の三姉妹には格別の思いといたわりを上様の御恩の為に万分の一でもお返ししたいと北ノ庄の落城のあと、尽くしたのであった。寧々は乱世の世の中の移ろいの皮肉さとめぐりあわせの非情さを改めて感じさせられた。特に「茶々」は三姉妹の長女であり、母親に瓜二つであり、一番の美貌であった。

二度の落城と実の父親と義理の父親が自害した運命を背負って、生きながらえた三姉妹を寧々は気の毒に思い、今後の生活に人一倍気を使って幸せにしてやりたいと考えていた。だから寧々は自分の力でできるところは、三姉妹の生活がしやすいように、悲しみのどん底から光明を見出せるように何かと心配りをしてやったのである。

西ノ丸で静かに過ごしていると、今までの人との出会いによって人生も変わってくるし、相手の人生もかわってくる。人間とは避けることが出来ない宿命を背負って、ある時は味方に、ある時は敵になって戦っていかなければならないのか、人間とは「万事塞翁が馬」であることが老いて初めて、人生の奇妙さと複雑さを寧々に知らしめたのである。

寧々のそういう気持ちも三姉妹には、特に茶々には理解してもらえなかったのである。秀吉が側室として迎え得てから、何かと対抗心をむき出しにしていったのである。一五八二（天正十年十二月）に秀吉は岐阜城に織田信長の三男信孝を包囲し、信長の後継者三法師を力で安土城に移した。寧々は毎日の生活の中で、柴田勝家殿の配下の前田利家殿は織田信長様に拾われて以来隣同士の間柄であり、また、柴田勝家殿との争いだけはしてほしくなかったのである。

しかし女の寧々でさえも、自分の夫である秀吉が天下を狙っていると思うことが薄々感じられたのである。柴田勝家殿は「お市の方」と再婚して、仲睦まじく生活しているのに、秀吉が何かと理屈をつけて勝家殿と争いの種を作ろうと画策していることが、寧々には手に取るように理解できるのである。寧々は秀吉と結婚をしたときは天下を取りたいという野望も持っていなかったし、秀吉でさえ思うはずもなかった。

上様に忠勤して一歩一歩ずつ階段を上っていく楽しみがあった。そして平和な暮らしができることが女の寧々の偽らざる小さな夢であったが、今、秀吉は筆頭家老の柴田勝家殿を頼りにしていた信長の三男の信孝を包囲して、三法師君を安土に移すことは勝家殿に戦いを挑んでいるとしか寧々には見えないのである。秀吉と結婚して二十年も過ぎてくると、夫である秀吉さえも考えが変わってくることが寧々は一番怖がっていたことであった。

寧々は今まで何度もおびただしい戦を経験してきたのである。もう戦などしたくはなかったし、血で血を争い、憎しみ合って生きることが空しくなっていった。人間とは特に男どもは適当に理屈をつけて、自分に都合よく正当化して生き抜く動物であると思ったのである。そのことを今自分の夫である秀吉が実践していることに大きな躊躇いがあった。

賤ヶ谷での戦いにより柴田勝家と「お市の方」は自刃し、三姉妹は秀吉の願いで救出されて無事であった。寧々は主君である信長様の血筋を引く三姉妹が無事であったことに心が休まる思いであった。今こうして静かに余生を送っているとあの時のシーンが寧々の脳裏を掠めるのであった。北ノ庄の落城後、秀吉が本拠としていた山崎城へ連れられて来た時の三姉妹の表情は何かにおびえて、寧々が気を使って温かい表情で迎え入れても、寧々たちや侍女にさえ睨み付ける装いであった。

三姉妹にしてみれば幼いころから親達が血で倒されたことが目に焼き付き、心が凍りついて肉親が目の前にいる寧々の夫に倒されたことに大きな衝撃を受け、どんな温かい世話にも素直になれなかったのである。寧々はそのことの事情を事細かく知らされていたから止むを得ないのかもしれない。しかし、どんなことをされても何の罪もない子供には、今寧々ができることを三姉妹に精一杯尽くしてやりたいと思ったのである。

しかし、そう思いつつも秀吉の死後、特に淀殿の態度が北政所には冷たくあたり、石田三成を中心とした官僚派は秀頼を後ろ盾にして、子供のころからの怨念を晴らすべく、淀殿は権勢をほしいままにしていった。徳川家康は秀吉が生前に「大名間の婚姻の禁止の誓紙」を取り付けても、豊臣恩顧の大名は素知らぬ顔をして、黙認していた。当時でさえ陰口に、秀頼は大野治長か石田三成の子であろうとさえ疑われていたし、秀吉はおびただしい側室がいたにもかかわらず、淀殿にだけ子が出来たことや秀吉が六十歳に届くぐらいの年で子を生んだことが疑われていたに違いない。

その上に石田三成が命を懸けて豊臣秀頼の為に徳川家康と覇を争い、佐和山十九万石の小大名が大大名を旗印に立てたが、毛利輝元は形だけの総大将であり、西軍として東軍に激突したのも何となく疑問が湧いてくるようである。三成の真面目さゆえか秀吉の恩返しの為かは定かでないが、また、大野治長や石田三成が淀殿に子を生ませたというより、淀殿は秀吉に怨念を抱いて、秀吉が子種がないことをいいことに復讐する意図があったのかもしれない。豊臣の天下を続けた方が自分の得であると思い三成の仕草に一度も讒言を挟まなかったのである。

家康は大坂城内にあって、豊臣恩顧の大名たちが北政所と淀殿の確執に二派に分かれていたことを利用しながら、北政所に近寄って、秀頼の御為を謳い文句に分断を図っていったことが理解できる。家康は自分の本音を全く出さずにひたすら秀頼の為と称したことが、豊臣恩顧の大名を煙に巻いていったのである。

豊臣恩顧の大名達も家康が秀頼の為に、謀反を冒すものはこの家康が成敗してやるとの言いがかりをつけて、次々と豊臣の恩顧の大名の分断を図っていった。家康は幼少のころから今日に至るまで人を裏切ったりはせず、約束事をしっかりと守り律儀一本で通してきた。だから豊臣の諸将も家康が心から秀頼の御為であり、太閤殿下との約束事を守るのは家康であると公言して憚らなかった。だから石田三成がいくら異をとなえて、秀頼の為、太閤殿下の意思を次いで家康の逆臣をと声高く叫んだところで、同調できなかったのである。

徳川家康

太閤殿下が亡くなると、徳川家康は大坂城内において秀吉の遺言に沿って、豊臣政権の組織をしっかりと熟知したうえで、五大老の権限を存分に発揮するようになっていった。北政所と淀殿との険悪な関係を利用することが豊臣恩顧の大名を分断させ、豊臣政権の弱体化を図り、自分は天下を狙うなどと曖《おくび》にも出さず、「秀頼様の為にこの家康は身命を賭して、お守り致したく思いますのでご安心ください」と公言して憚らなかった。

徳川家康は今まで織田信長に仕えた時も、信長の命によって正室の築山殿を殺害し、自分の子供である信康を自刃させられたことに対してもただ従順に仕えて来たし、朝倉軍との戦いでも秀吉と共に殿を務め、信長軍の壊滅を避けて救出を図り、決して上様（信長）に何一つ反抗することがなかったし、長篠の戦でも命がけで信長軍に協力して、合戦を勝利に結び付けさせた。

北政所はそんな話を秀吉から聞いていたので、徳川家康は律儀な人であり絶対に人を裏切ったり、欺いたりする人ではないと信じていた。それ故、寧々は大坂城内にあって秀吉の死後、問題が起きると特に淀殿や石田三成等が寧々につらく当たると家康に相談を持ち掛け、その措置をお願いしていた。

寧々にしてみれば家康はこの上ない相談相手であり、頼み甲斐のある重要な人物であり、豊臣秀吉について大きな勢力を持つ大名であった。こんなに苦労して作り上げた豊臣政権も、淀殿や石田三成等に横取りされるのであれば、内府（徳川家康）殿が豊臣に代わって天下を治め、豊臣秀頼は徳川殿の臣下になり下って平穏に生きることが豊臣の生きる道でもあると思っていた。

世の習いとして織田信長が天下布武を掲げて、日本の大半を治めたが、不慮の事故により信長の子供たちに受け継がれなく、天下は自分の夫である秀吉に乗っ取られたのである。この世は天下を取っても器量と力がなければ、多くの人たちを納得させるだけの力量がなければ治められないのである。事実そのことは歴史が証明しているところでもある。どんなに側で協力しても、本人に器量がなければ長く続けさせることが出来ないし、支えることさえできないのである。

信長の長男・信忠は信長と同じように明智光秀に倒され、三男の信孝は次男の信雄に自害させられ、信雄はいろいろ画策したにもかかわらず、最後には家康と同盟を結んだが、秀吉の調略の手によって和睦を図り、家康に無断で秀吉と手を結んだ為に、家康も信雄に呆れ果てて戦闘能力をなくしてしまったのである。

天下を治めるのには、能力と器量がなければ人がついてこないし、傀儡政権を作り上げても、長く保てないのは歴史の証明するところであった。北政所はこの戦国の世を身をもって体験してきた。寧々は秀吉の死後、二手に分かれていがみ合っても、この巨大な城郭を守り切れないし、天下を治める器量のある人は徳川家康（内府）殿以外にないと今の状況を思っていた。

徳川家康殿ならば豊臣を悪くは取り扱わないと思うし、徳川政権の一大名として仕えることが、末永く豊臣が生き残れる唯一の道であると寧々は西ノ丸に移り住んでから思い始めていた。大坂城内にあっては石田三成が淀殿を利用して徳川家康に何かにつけ言いがかりをつけて、豊臣の天下を横取りするつもりであることを恩顧の大名に事あるごとに声を大にして訴えたのである。

しかし、福島正則や加藤清正等の寧々に心を寄せる大名は今までの三成の態度が、太閤殿下の虎の威を借りての立ち振る舞いでうんざりしていた。豊臣の天下が平定し、彼らは命がけで豊臣秀吉の為に戦ってきた。その後も、朝鮮の侵攻にも異国の地で命からがら戦い、その間石田三成等は大坂城内で諸大名に食糧や諸物資の調達の為、命令を下すだけで何の苦労もしてこなかったのである。

そのことが秀吉の死後、朝鮮への戦いを収束し、帰国後城内において、福島正則や加藤清正等がのうのうと過ごしてきた三成等を激しく、罵ったのであり、何故これほどまでに、淀殿に三成が好意を寄せているかと、陰口を叩かれていた。三成が自己を正当化するほど、その反作用が強くなっていったのである。

秀頼は本当に太閤殿下の子供なのか、疑いの眼で見つめていた。太閤殿下は好色で、何人もの側室を持っていたが、子が出来たのは淀殿だけであった。そのことは豊臣恩顧の大名は誰も知らない人はいなかった。三成が豊臣（秀頼）の為に、と声を大にして叫べば叫ぶほど、豊臣の恩顧の大名達、特に寧々に好意を寄せていた大名は反発していった。

浅井の三姉妹（茶々、お江、お初）は大蔵卿局を乳母として育てられた。大蔵卿局は戦国時代から江戸時代初期にかけての女性であり、大野定長の妻であった。長男に大野治長を持ち、特に茶々（淀殿）とは浅井長政に使い、その後、柴田勝家にも使い、賤ヶ谷の戦いで秀吉が勝つと秀吉は浅井の三姉妹を救出し、その後秀吉の側室に茶々を迎え入れた。それに伴って大蔵卿局も淀殿と共に大坂城に入り、淀殿の話し相手になり、子供のころから気心も知れていたので淀殿も安心していた。しかし、大蔵卿局の出自については定かでない。

豊臣秀頼は体格も大きく、背も高く、まるで成人すると秀吉には全く似ていなかった。秀吉の夫人寧々は秀吉には子種がないと言っていた。だから秀吉が好色でも、子が出来たという事実を不思議に思っていた。その上、淀殿には二人もであるから疑いをかけられてもそれなりの理由があったのかもしれない。現代ならばＤＮＡ鑑定をすれば分かったであろう。大野治長と淀殿とは幼馴染であり親しみやすかった。秀吉が長い間子がなく晩年に子が出来たので、人の噂に戸を立てられないのは今も昔も全く同じであった。秀吉は朝鮮の戦いに九州に行ったり、諸大名に命令したり、大坂城を空けることが多かった。そんな時に淀殿にまた子が出来たことが疑いをかけられる元であった。

徳川家康はそのことに目をつけ、寧々の心をつかみ、寧々に協力してもらわなければこの強固な城郭は崩壊させられないし、じっくりと腰をすえて取り組まなければ豊臣の天下は容易に崩壊しまいと思っていたに違いなかった。そこで家康は大坂城内に留まって、秀吉の遺言通りに政務を執り仕切り、豊臣恩顧の大名達の関係やら、北政所と淀殿との関係を綿密に調べる必要があった。

それには大坂城内の西ノ丸に立ち寄って寧々のご機嫌を伺い、世間話をしながら、この城郭に起こり得る様々な出来事や、侍女達のうわさや、豊臣恩顧の大小名達の考えや、淀殿や石田三成等の関係やら、淀殿や大野修理等との言動等もつぶさに調べぬいていた。徳川家康は豊臣秀吉に仕えた片桐且元が賤ヶ谷の七本槍の一人であったが、秀吉の死後秀頼の後見役として大坂城内で家老として働いていたのに目を付け、その片桐且元を利用しながら大坂城内の様子を探っていた。

「太閤殿下が亡くなられて、大坂城の西ノ丸に居を移して、北政所様はいかがお過ごしですか？　御身体の具合はいかがですか？」と徳川家康は尋ねて寧々の気持ちを察してにこやかに立ち振る舞った。寧々は豊臣の天下で、二番目の石高である二百五十万石の大大名がわざわざ隠居の身を訪ねてきてくださることに恐縮した。

「政務の雑事から逃れて、このように静かに過ごしていると、今まで休む暇もなく働いていた月日の経つのがなんと早かったことか」とにこやかに寧々は家康を迎えいれた。しかし、寧々は家康とのお付き合いから想像すると、家康の性格は律儀であり、決して人を裏切らないことは過去の家康の過ごし方で理解していた。だから寧々は家康に気易かったし親密さもあったので、つい今の自分の気持ちを打ち明けることが出来たのである。

豊臣恩顧の大名でさえも秀吉が亡くなると、今まで秀吉のところにしげしげと足を運んできた武将達も一人去り、また一人去って、昔の賑わいが信じられないことであったが、家康殿はあのご老体で自分のところまで足を運んで気遣ってくれたことに、今更ながら家康殿の律儀さに感服したし、恐縮もした。権謀術数の渦巻く乱世の中で、女性達には家康の心底が読めなかったに違いなかった。

家康が何を企み、何を考えているか、これから起こり得ることを寧々には考えも及ばなかったし、想像すらできなかった。こんなに自分を思ってくれる家康殿は決して自分も、豊臣家のことも悪いようにはしないと思っていた。また、表舞台から身を引いた自分などには以前にもまして何かと気遣ってくれたことが寧々にとって、こんな嬉しいことはなかったのである。

尾張生まれの加藤清正や福島正則や浅野長政は今大坂城の中で、近江生まれの石田三成や長束正家や増田長盛等と確執しているが、どちらも豊臣家臣団であり、万一両派で争いになったら、三成は秀頼の御為、ひいては豊臣の天下の為であるとして一歩も譲らなかったし、故太閤殿下から遺言として秀頼をくれぐれも頼むと仰せつかってもいた。一方の家康は三成等が淀殿や秀頼を後ろ盾として、自分等の為に利用していると寧々に直訴していた。三成等は家康が秀頼の為、豊臣の天下の為と偽って、豊臣の天下に謀反を起こすものは成敗をするとして、行動を起こしているが、実はそれは家康の謀略である。家康の行動をよく見れば一目瞭然であると主張していた。

しかし今の北政所にしてみればどちらも豊臣の家臣団であり、これから起こりうる重大な事件をそんなに深刻に考えなかったに違いなかった。家康が気さくに訪ねて来て、大坂城の内部のことをお茶のみ話に寧々に打ち明けると、寧々もついに心を許して家康に何事も相談するようになったのである。寧々にはとにかく家康はへりくだって、秀吉の存命中と全く変わりがなく接触した。寧々はこの人は信用できると思ったのに間違いなかった。

徳川家康という大大名が大坂城内の日常のことを、寧々は家康から聞かされると誠に信用し、三成等が家康の小さなことを咎めていることが、わざわざ事を大きくしていがみ合うことを増長しているように映るのであった。今の寧々にすれば、大坂城内の三成等の動きが先鋭化し、三成等のことが福島正則や加藤清正等から聞かされると家康殿の言っていることが真実であると思えるのであった。寧々は正則や清正等が自分の前で三成等の行動を咎めると、寧々はなだめてきたのであった。

家康が自分を何かと心配をしてくれて気配りしているのは、持ち前の律儀さと豊臣の天下を長く保ち、家康も豊臣の天下の中で力を温存して秀頼を守りつつ、家康は各大名を牽制しようとしているのに違いないと思っていた。寧々自身も、家康がまさか豊臣の天下をひっくり返して、自分の意のままにしようとして、豊臣の天下を継続させつつ力を蓄えて、いずれは権力を手中に収めようなどと思っていなかったが、家康の律儀さと実直な性格は長い付き合いの中で理解をしていたに違いない。

今の家康が豊臣の恩顧の大名をないがしろにして、ついに豊臣の天下を奪い取り、豊臣を根絶するとは思わなかった。寧々はそこまで深く考えもつかなかったのである。自分の夫である秀吉は信長様が不慮の事故で倒れた後、信雄殿や織田有楽殿や三法師殿に対しても慈悲をもって接し、その後の生活にも世話をし、豊臣の一大名として優遇したのである。だから家康殿に味方をしても、豊臣を温存してくれるものと思っていたことに違いなかった。

今の北政所にすれば、秀吉の死後は家康を頼りに、徳川家康の庇護の下で平穏に暮らせれば良いと考え、まだ幼少の秀頼には天下を治める器量がないと考えられるのである。そのためには石田三成等が家康殿を咎めて戦になることを一番恐れていたのである。寧々は想像もつかないようなことが起こるとは夢にも思わなかったし、考えもつかなかったのである。寧々はいろいろな苦労をして豊臣の天下を作り上げたが、権謀術数の中で生きている中で女の寧々にしてみれば、よもやのことが起こり得るとは想像すらできなかった。いままでの家康は律儀であり誠実に信長や秀吉にさえも仕えて来た人だから、太閤殿下が亡くなって同じように立ち振る舞いをしているのをみても、疑う余地がない。環境が変われば人はどう豹変するか知る術も持っていなかったのである。

寧々の側近たちの騒動

太閤殿下が亡くなってから、大坂城には新たな騒動が持ち上がっていった。朝鮮に出兵していた加藤清正や福島正則等は秀吉の死を知らなかったし、知らせてもくれなかった。秀吉の秘書官として五奉行の一人である佐和山城十九万石の大名である石田三成によって、すでに太閤殿下はこの世を去っていたことを知らされたのである。特に福島正則等は石田三成には反感を持っていた。何故なら朝鮮出兵中の彼らの行動を逐一上様（秀吉）には讒言していたことに腹が立っていた。

「貴公は我々が命を懸けて、他国で戦っているのに大坂城でのうのうとして、呑気に暮らしているとは何事か？」居並ぶ各大名も、三成に対しては常日頃のうっぷんが一気に爆発する寸前であった。「しかも、殿下の死さえ知らせずに、職務怠慢であろうぞう！」と加藤清正が罵声を浴びせたが、石田三成は冷静に諸侯の前で、「上様の死を知らせれば、敵国の諸侯こそ元気を出して、敵国での戦いも総崩れになるであろうと想像できることから、殿下の死を伏せておりました。なお、この件については五大老にも了解していただきましたことでござります」

石田三成のこの一言で一応は収まったようであったが、しかし、加藤清正は刀に手をかけ、今にも石田三成に刃を向けようとしていたが、居並ぶ諸侯に抑えられて静かになったのである。「このことも太閤殿下が生存中にも、くれぐれも各大名にもよろしくとのお言葉でござりました」と上様からのお言葉と聞いて、諸侯の大名も今までの激しい怒気も静まりつつあった。しかし、加藤清正や福島正則、浅野幸長等は尚、不満が充満していた。

福島正則は不満をぶっつけるために、「我々が他国において死に物狂いで戦ってきたというのにも、ご苦労さまの一言も掛けられないのかっ?」と大声で怒鳴り散らしたのである。「福島左衛門殿！ 今現在は太閤殿下が逝去されたため、後日、茶会でも開いて、諸侯のねぎらいの席を設けまする」と三成は言ったために、「貴公は我々が命がけで戦ってきたものを、茶をもって振る舞うとは何事か？ 酒さえも出さないのか？」と激しい言葉で応酬してきた。三成等の官僚派と加藤清正や福島正則等の武断派とは、考え方も言い方さえも丸っきり違っていた。今までも秀吉在世中にも、何事においても讒言をしてきたのでその溝は簡単に埋められそうもなかった。

この場は何とか切り抜けたが、石田三成は家老の島左近を呼んで、「福島正則や加藤清正、黒田長政、浅野幸長、池田輝政、細川忠興、加藤嘉明等の七将が何故、この俺に敵意をむき出しに刃向かってくるのか?」と問いただした。島左近は目をつぶって、しばらく考え込んで遠くの欄間を見ながら言い出した。

「殿は真面目すぎるきらいがあり、人の欠点を見つけては騒ぎ立て、人の行動にも理屈に合わなければ暴き立て、その上、理詰めで人を讒言する。彼らは故太閤殿下と共に豊臣の天下取りに命がけで戦ってきたが、天下が平定すると太閤殿下は彼らより殿の事務能力を高く評価し、豊臣政権の番頭役として重宝がってきた。その上殿は実に頭がいいので理屈を言われては勝てないし、いままで城内にいて、彼らから見れば何の働きもしないで、この若僧に指図をされることに彼らはやりきれないのであろう」と私は思うのだが、と一気に話をした。島左近にすれば、殿に向かって言いづらいことを言ってのけたので、肩の荷が下りて疲れがどうと出て来た。

三成は島左近が言ってきたことを、頭の中で分別して反論してきた。「左近よ! 俺はいつも豊臣政権の安泰の為、秀頼様の為と思って、公明正大に仕事をしてきた。その俺を何故、悪くしか解釈できないのか? 全く理解に苦しむ」と言って三成は腕組みをした。その三成の考え込む仕草を見て、島左近は頭がいい殿はどうして理解できないのかと思った。今までの殿の仕草は「世の中はこうあるべきだ」と思い、人に押し付けるきらいがある。その観念を直さなければ、人は寄り付かないであろう。

「殿！　大半の人は利害や打算で動くものです。道義や道理や正義で人は動きません！　殿はどうしても自分は正義で真面目であれば、人は動くと思っていることが、裏目に出ていくのです。正義を振りかざして、天下を取った人はおりません」島左近は三成の挙動をじっと見て言った。三成は左近の言葉にうなずいた。その上また、左近はどうしても三成が物の道理に囚われなく寛容な態度で人に接しなければ、さらなる災いが降りかかると心配しているのである。

「いいづらい話ですが、殿！　太閤殿下の御為に、また、秀頼君の為にと申しますが、太閤殿下でさえ故織田信長様の遺児を出し抜いて、天下を横取りしたではありませんか？　正義や道理等と言っても、人は理解ができません！　何はともあれ、人は利害で動くものです。そして、自分の為に動くものです」島左近が言い終わると三成は頭を垂れて黙ってしまった。しばらくして、

「しかし、左近！　今になってはどうにもならないだろう。福島正則や加藤清正等が不気味な動きをしている。どうすれば良いかを聞いている」島左近はその解決策と言われても、返答に窮していた。

「しかし、殿！　これ以上の反感を起こさないように、言動に気を付けて少しでも敵を少なくし、殿がいつしか立つ時に協力を得なければ、勝ち目はなくなると思うのです。家康は彼らを調略して、また北政所様にさえ愛想を振りまいている。彼ら七将は寧々様の子飼いの大名でありましょう。その大名さえも家康は手なずけようとしていると聞いています。家康は長い生涯を辛苦の中で生きて来たご仁です。利用できるものは何でもする人です。太閤殿下がなくなると重しがなくなり家康は一つずつ自分の為に、それがしは豊臣の御為と言って憚らない。俗にいうこの大坂城の狸であり、妖怪でありましょう。そういう妖怪と立ち向かうのに正義だ、道理だといっても、相手の家康はびくともしないものですよ」三成は左近のいうことも理解できたが、しかし、太閤殿下に拾われて今日まで出世できたのも、上様のお蔭だと思っている。

「左近よ！　生きていればいろいろなことが起こり得る。このわしは加藤清正や福島正則等の七将の馬鹿どもを相手に戦っているのではない。徳川家康という妖怪であり盗賊である、豊臣家の奸臣を相手に戦っているのである。そのことを忘れるなよ」と付け足した。

しかし、島左近は、殿は自分の立場だけをいい、本当に素直になって耳を貸そうとしない。殿の一番の欠点であると思った。それを直さなければ西軍の旗頭になって、家康と戦う器量がないと見ていた。

今、噂になっている七将達の加藤清正や福島正則等が石田三成を討とうと作戦をねって、いつ殿の首を取ろうかと東奔西走している。殿がいうように豊臣家を守ろうとする気持ちは大事だが、家康は豊臣家の内紛を利用して、二つに割ってそれを利用し、家康の思う壺に嵌まっている。その対応に殿は全精力を使い切っている。それでは徳川家康二百五十万石の大名を敵に回して戦いができないし、戦ったところで勝利はおぼつかない。

豊臣家の家臣の大名小名は家康に媚を売って近づいている。家康の力が歴然として、次の天下人は内府殿であろうと人は感じ取っていると島左近は思っているのである。そんな中で、北政所様と淀殿とが太閤殿下の死後、確執して、殿（三成）が秀頼様を後ろ盾として淀殿に肩入れしても、この家臣同士の争いを未然に防がねば家康はそれに乗じて、我が家に家宝有とみて喜んでいよう。しかし、殿は寛容な気持ちで豊臣恩顧の大名達を先輩として敬う気持ちがなければ、家臣同士の争いになって家康の思う壺になってしまうことを訴えるべきと左近は一人思っている。

しかし殿は生真面目さゆえ、自分は何一つ悪いことや自分で豊臣家をどうするという野心もないし、自分には正義があり、家康は邪心があって、豊臣の天下を奪い取ろうとしていることなど家康の非を洗いざらい咎めても、誰一人として殿に同調していかない。家臣は家康が何をしようが自分たちには何の恩恵もない。それよりも自分の将来の家の安定を望んでいるのである。だから、家康の悪行を見て見ぬふりをしているだけである。

殿は誰しも自分と同じで悪を憎み、正義の為に戦うと思っている。殿と同じような性格の会津百二十万石の大名である上杉景勝の家老直井山城守兼続とは盟友であるのも、自分と同質の考え方や行動も全く似通っているからだ。同質の考え方も必要だが、異質な考え方や行動にも寛容な態度で接触し、尊敬をもって接すれば、豊臣の家臣団は挙って殿である石田三成に馳せ参じるであろうと島左近は思っているのである。

殿が同質のものを重視し、自分と考え方が違うものを遠ざけている。人間はいろいろな性格を持ち合わせているから、その違う質にも鷹揚な態度で、慇懃に尚、丁重に扱うことを忘れているようである。その上、知のないものは知を刺激されると腹が立ち、理解をしていても背きたくなるものである。加藤清正や福島正則等の武断派は、理屈をいうと反発がかえってくる。彼らは理屈より、豊臣家臣では年齢もまた、年期も随分と違うので、何時も彼らを立てることを殿は忘れている。正義だ、道理だという前に自分の姿勢を直すことにかかっていると左近は感じ取っている。

しかし、石田三成は「七将達である加藤清正や福島正則等は豊臣家臣団が合い睨みあっていては家康の思う壺であり、豊臣秀頼様の御為に、良くないことさえも分からぬものかのう……左近！」

と沈黙の後言い出した。左近はしばらく、考え込んで、言い出した。

「殿！　彼らは長い今までの殿との関係が、豊臣家の為より、今、太閤殿下が亡くなり、その不満を殿にぶつけるのに、一番適していると思っているのです。豊臣家の番頭として君臨していたからです。殿は物事に几帳面で正義感が強く、理詰めで物事を運ぶことが、彼らには理解してもらえないと私は思います。

彼らも、豊臣家の安泰を考えていることは同じであると思っているし、殿とのいざこざがあってもし、そのことが一気に豊臣政権の崩壊に至るとは思ってもいないのではないかと思います。しかし、あの妖怪である佞臣の家康はそれを利用しようとしていることまでは、考えてはおりません。その彼らは自分のこと以外は世の流れについていこうと思っているのですよ。

家康という佞臣は彼らが騒げば騒ぐほど微笑むことを、血気盛んな清正や正則には感情で行動するから、理屈がわからぬのであろうと思いますし、家康の謀臣である本多正信が太閤殿下の軍師として働いた黒田官兵衛の息子の黒田長政に働きかけて、福島正則や加藤清正等を懐柔している噂も聞いておりまする。しかし、黒田官兵衛の息子は親に似て、人を調略して家康側に味方を募っていると聞き及んでいる。蛙の子は蛙です！　やっぱり親の血筋はどうにもなりません！　彼らは家康の掌で謀臣の本多正信に踊らされて、踊り、騒いでいる輩に他なりません」

そこまで自分の家老である島左近に直言されて、事はそれほど深刻になっていることを三成は理解したようであった。島左近が三成としばらく今の状況になったことを三成自身の性格からくるものであることがわかった。三成の隣屋敷は加藤清正の屋敷であった。左近が帰った後、広い邸宅であっても、外が騒々しいことが分かった。しかし、この屋敷を出なければ、三成はあの馬鹿どもに何をされるか気が気でなかった。三成はあの馬鹿どもの相手をして、絶対に命を落とすことのないように用心した。あの佞臣の家康を倒すために自分の命を大切にして、家康と天下分け目の戦いをしなければならない。後世に名を残し、大望を遂げるためにこの身体を今は守らなければならないと思っていた。

そこで三成は自分の命を守るために思案した結果、関東の大名として睨みを利かせている佐竹義宣（幼名を徳寿丸といい太閤殿下に重用され、常陸の国、茨城県の武将）という伊達政宗のライバルとして君臨した大名に相談にいった。

佐竹義宣は関東では大大名として君臨し、歴史もあり年齢にも開きがあって、石田三成は一目もおいて、何時も丁重に取り計らっている。自分の意見も素直に聞いていただけると思っていた。その三成が福島正則等の目をかすめ、佐竹義信の屋敷を訪問した。

「佐竹殿！　この三成が加藤清正や福島正則等に命を狙われている！　彼らは今までの怨

恨、特に朝鮮出征中に上様（秀吉）に言われた通り命令をしたことに反感を持ち、そのために私の命を狙っている。私は上様の言われたことを忠実に実行しただけであり、全く私の私怨などは持っておりません。どうかこの場をお助けいただければ、ありがたき幸せ至極に存じまする」

佐竹義宣は何事かと思い、ひととおり聞いて、玄関に立っている三成を見て奥へ通した。三成の言い分を聞き分け、

「治部少輔殿！　貴殿はあまりにも潔癖過ぎ、正義をかざし過ぎ、鷹揚なところがない。その上、諸侯の大名に物を言うにも高圧的であり、横柄者として見られている。全く損な性格である。貴殿がやっていることが全くの道理であり、正義かもしれない。しかし、人の世は正義をかざしても、人はなびいていかない。若いとどうしても正義や道理を言いたくなる。その正義や道理で社会は動いていない。人のこころを動かすのは自分の為であり欲得が一番作用するものだ」

と佐竹義宣は若い治部少輔の顔を見ながら見た。

「佐竹殿！　我が屋敷でも先ほど家老の島左近にこんこんと言われました。今後、言動に気を付けまする。しかし、今の急場を凌がねばなりません。良き取り計らいをお願いしたい」

三成は懇願する気持ちでお願いした。

「家康の横暴を食い止め、豊臣政権の安泰と秀頼様の行く末を太閤殿下に頼まれたのを果たすだけが私の務めです。私には何の欲もありません。殿下に拾われて今日あるのも、太閤殿下のお蔭です」

額を畳に擦り付けて懇願した。

佐竹義宣は三成の仕草があまりにもしおらしいので一計を案じて、この件は豊臣恩顧の譜代の大名では解決できないと思ったのである。この解決は徳川家康殿にお願いする以外に道がないと思ったに違いない。佐竹にすれば、三成を家康の屋敷に連れて行けば殺害するとは思ってもなかった。内府殿はいつも三成に悪行を罵られているが、しかし、三成をこの機に及んで殺害すれば、徳川家康は公然と豊臣諸侯や一般の市民から歓迎されないばかりか、戦が始まっても大義がないし、家康の今までの悪行を公然と証明するようなものである。毒は毒を以て制する。これが乱世に生きる知恵であろうと佐竹義信は考えたのである。

三成が佐竹義宣の前で小さくなっている姿を見て、

「治部少輔殿！　この私に任せていただきたい。絶対に悪いようにはしないから、今から貴殿が一番のきらいな徳川家康殿に頼みに行ってくる。少々待たれよ」

と言って、佐竹義宣は少々の供を連れて出ていった。そこで三成は佐竹義宣の屋敷に取り残された。三成は一番憎き家康に佐竹殿が相談すると言っていたが、この難局を打開するには各大名の中で格段の差がある家康の力が必要だと思っていた。

一時ほど過ぎて佐竹義宣が帰ってきた。その結果がどうだったか三成は知りたかった。三成の前に座るなり、

「治部少輔殿！　家康殿も自分の謀臣とも相談したが、悪いようにしないから内府殿の屋敷に来るようにとの仰せであるぞ」

三成は佐竹殿の話から一応安堵したが、佞臣の家康は何をたくらんでいるか想像もできなかった。

「しかし、治部少輔殿心配ご無用でござるぞ。この佐竹が中に入っているので、いかに家康殿といえ悪いようにはしないだろう」三成はその一言を聞いて安心をした。

石田三成は佐竹義宣の家来に警護されて、徳川家康の屋敷に送られた。屋敷に入るなり、本多正信が出て来た。三成が今、玄関の前に立っている。佐竹殿が今話をした通りであった。願ってもない得物が転がってきた。三成は京都や大坂で自分の身を安全に置く場所がなくなっていた。三成は家康の屋敷にいることに大きな躊躇いを持った。これも加藤清正や福島正則等の襲撃によるものであり、清正や正則等はどれだけ故太閤殿下に世話に

なったかを知るべしである。

「本多正信殿であるか？」

「左様である」この老いぼれた正信は世の酸いも甘いもすべて体験してきた男である。

三成は十九万石の大名だが、正信からすれば、まだ若僧に違いなかった。

正信は、石田治部少輔三成は何度も大坂城で見たことがあるが、三成には沢山の豊臣恩顧の諸侯の中では本多正信のことは初めて見るようであった。

「余が治部少輔三成である」

正信はこの若僧が人が言う横柄者と揶揄されている仁かと、小生意気な奴だと思った。

「ご挨拶かたがた、忝のうござる」と三成は礼をいった。

「余も大坂城にて、貴殿のことは何度もお見受け申した。今、上様に取り計らってもらう由、少々待たれよ」

本多正信が引き下がってから、三成はもう天下を取ったように正信が内大臣徳川家康殿を上様と呼んでいる。そういう気持ちがあるから、故太閤殿下の遺言も次々と反故にして振る舞っている。そのうち家康の顔を踏み潰してやろうと思っていた。

本多正信が徳川家康と差し向かって謀議を企てている。

「上様！　この時を逃さず、石田三成をどう料理いたしましょう。あの者を野に放って置くことは労力がかかりまする。この屋敷で殺してしまえば、今後のことは随分と楽になりましょう。何しろ、上様の何事にも楯突く輩でございましょう」

家康は太った体を捻じ曲げて、言い出した。

「三成を殺せば、豊臣家の五大老の筆頭として、秀頼公の代官として安泰になるだけだ。それでは天下は我が家に転がり込んでこぬ」

ドスの利いた一言であった。

正信は狐のような目で策謀を巡らした。

「豊臣家の七将清正、正則等が三成を騒ぎ立てれば立てるほど、豊臣家のひび割れが大きくなり、三成派と加藤清正や福島正則等の七将と豊臣家が真っ二つに割れる。乱がおこれば、その乱に乗じて、一気に天下が取れる。そのことが大義が立ち、正義として天下に公表できましょう」

家康は大きな目をぎょろりとむけて、正信に言った。

「よくぞ申した。我が家臣の中にあって、策謀を企てるのには最適の家臣だ」

「尚、佐竹義宣殿が先ほど言い伝えてきたことを、それを反故にすればその代償は大きすぎる。佐竹殿との約束を反故にすることはできないぞ」

本多正信は上様に褒められて、内心この俺も鋭い策謀をめぐらすものよ、といって目を細めた。

そばに居た井伊直正は気の小さい男である。袋の鼠がこの家にいる。この時を生かさなければ、万一、三成が豊臣恩顧の大名を糾合して上様に刃向かってきたら、その結果はどうなるかわからない。

本多正信は三成をこの世で泳がせるだけ泳がせて、我が方はそのためにあれこれと手を打ってきた。まだ打つ手は無限にある。それには全力を尽くさなければ戦はどうなるかわからない。今が一番大切な時だ。家康は謀臣の一言一言をよく聞いて纏めようとしていた。家康は百戦錬磨の武将であり三成の器量も見抜いている。

「古今東西、戦をして、勝たなければ天下はとれぬ。この戦は天下を取るか命を取られるかだ。勝つためには何でも使わなければならない。正信！　この家康命を懸けているんだぞ。わしもそうだが、貴殿たちも命を取られるかだ。その大博打を打たなければ、天下は転がり込んでこぬ」

家康は謀臣の正信に納得させるようにして言い含めた。さらに太閤殿下は強力な政権を作り上げて、日本六十余州を従えさせてきた。家康が勝つためにはこの巨大な豊臣政権をどのようにしたら倒せるかを考えて手を打ち、また打ち続け、策略の限りを尽くしつづけている。

「このわしは六十歳になり、天下を取るために、幸い石田三成と加藤清正や福島正則等の争いや北政所様と淀殿との確執が繰り返されている現状である。それを利用しない法はない。だからこの年になっても北政所様の子飼いの大名達を味方につけるべく、あらゆる手を打って、北政所様が太閤殿下が亡くなって、寂しがっている状況を知り得て手助けをしているんだ。それには時間がかかるんだ」

正信は家康のしたたかなやり方に舌を巻いたのである。

さらに家康は現在の豊臣政権の現状をつぶさに本多正信や井伊直正に付け加えた。

「太閤殿下が亡くなり、わしと同格の大納言前田利家殿が先だって亡くなった。前田利家殿は実直な人であり、太閤殿下の意に沿うように三成の言うことにも耳を傾けて来た。今、わしのやることに諫言をさしはさむのは三成しかおらぬ。今わしの屋敷にいる三成を生かすことによって、豊臣政権の争いを激化し、崩壊させるためには三成を生かし、利用せぬ手はない。そのために三成は恰好の材料である。そして、豊臣の家臣同士の争いに乗じて、幼君秀頼様の御為として正義を貫き通せば、この家康、天下を横取りしたとは誰一人として世間は思わぬ。それには芸が必要である」

正信も直正も巧妙な上様の考えに感服したのであった。

いつの時代も世間を気にして、為政者は手を打ち言動を注意している。権力者には世間の評価が一番怖いのである。三成を追っている加藤清正や福島正則等を我が屋敷に呼べと正信に命じた。一時ほど過ぎて、清正や正則らがどやどやと家康の屋敷に入ってきた。入るなり、血気盛んな清正や正則は長年の怨念を吐き捨てるように、家康にぶっつけた。家康は鷹揚に対応をした。

「貴殿らの気持ちはこの家康よくも分かり申した。貴殿らの長年の怨念も察するに余りあり、この家康しかじか考えあぐねた」

短慮な福島正則は家康の言うことに待つことさえ、いじらしかった。その様子を家康は見逃さなかった。

「内府殿！　三成をこの場にお出し願いたい。三成を一裂きにしてやりたい。他の我が諸侯もそれを待ち望んでいるのです。三成を我が方にお渡し願いたい」家康は豊臣子飼いの諸侯がこれほどまでに三成を憎んでいることが分かった。この七将をもっと刺激して、さらに豊臣家を二つに割って、彼らを巻き込めば我が方に馳せ参じるであろうと思い、ひとり家康はほくそ笑む。この七将は我が方に味方するであろうとの自信をつかめた。

「それは渡せぬ。折角三成めをひっ捕らえたのに、そうは致しかねる」

七将は家康がそういう態度に出るとは思っていなかった。内府は今までも三成に讒言されたことであるのに……と全員が思っていた。家康はこの時こそ、彼らを懐柔するには

打ってつけの芝居を打たなければと思った。重々しく、

「貴殿らもご存じのとおり、大坂城におられる幼君秀頼様の御為によろしかれと願う以外にこの家康存念がござらぬ。太閤殿下が亡くなり、今は謹慎中であり、豊臣家の為に無用な争いを起こさぬように、この家康くれぐれもお頼み申す。それでも、三成をこの場で討とうというものはこの家康がお相手を申す。わしはいつも豊臣家の安泰を願っているものである。その件をおわかりいただきたい」

家康は豊臣の七将を見渡しながら、間髪を入れずに諸侯の前で、三成の処遇を発表した。

「尚、三成は奉行職という豊臣家の庶務や財政を扱う権限を握っている。奉行職を解いて、佐和山に帰して、蟄居させることにしようと思っている。その件について意見があろうものは言われたい」

家康の迫力に血気盛んな清正や正則等は意気消沈した。家康の前にいる諸侯は三成を大坂城から追い払い、蟄居させることに満足した。家康は何事も豊臣家を守るため、豊臣家の筆頭大老として権威と忠誠を示したので、七将は反論すらできなかった。彼らが帰った後、謀臣の本多正信を呼んでいろいろと指示を出した。

次の間で三成はどのように家康が結論を出すか、早く知りたかった。足音が聞こえてき

た。正信は三成を見て、何時ものように権高な態度が見受けられなかった。三成を睨み付けながら、

「貴殿が上様のことを讒言を吐いて、豊臣の恩顧の大名や世間に罵ったが、さすが上様は器量が大きい。これが豊臣家を思うがために、貴殿のことを咎めはしなかった。その上に、清正や正則等は貴殿を引き渡すよう迫ったが、頑として上様は聞かなかった。その上、それでも彼らが武力に訴えるなら、『この家康がお相手申す』と言って、その権幕がすごかったので、彼らはしぶしぶと帰ったのである。上様の度量の大きいことに我々同志も恐れつかまつった」

謀臣の正信は三成を見下ろす態度で言った。やっぱり三成は小僧であり、器量がないと見た。

「内府殿にはいたみいる。かたじけのう御座る」

三成は一時の安堵をいた。

「これらの事件の基は貴殿の今までの仕業にあった。その責任を取っていただくために、これから貴殿を佐和山に護衛をつけてお送りいたす。何かと貴殿が大坂城に居るとまた同じようなことが起こる。そのため、上様は佐和山に蟄居するように勧めたのである。これも豊臣家の御為であると上様は申していた」

三成は清正や正則等がこういう事態を起こしたのは、あの馬鹿（清正や正則等）どもが、何が豊臣家の御為か全く理解していない。あの馬鹿どもはどれだけ太閤殿下にお世話になったかを考えるべきだと三成は内心思った。三成は自分の非を全く認めていない。しかしながら、今の状態を考えるとしぶしぶ同意せざるを得なかった。

「かたじけのうござる。内府殿によろしくと」

三成はあの悪行をしでかしている家康に何故この俺がこういう格好で謝り、礼を尽くさなければならないのかと自分自身にも憤りを持った。正義と忠義の為に、自分は豊臣家の為を思ってやってきた行為である。どこをどう言われようと全く悪いことは天地神明に誓ってもしていない。世の理不尽さを嘆き、今に見ておれ、必ず仕返しをしてやろうと思っていた。同じ屋敷にこのわしがいるが、家康は会おうとしなかった。家康にしてみれば、会うと相手に安心感と信頼感を呼び起こし、家康が何を考え、何をたくらんでいるか知られるからである。三成に恐怖と不安感を与えるために故意に会おうとしなかったのである。

石田治部少輔三成

話は少し戻るが、太閤殿下が亡くなり、秀吉が一番信頼した大納言前田利家が日に日に体が衰弱していった。いかに三成が官僚として豊臣家に君臨していても、前田利家には頭が上がらなかった。三成も難問にぶち当たると大納言利家に相談していた。前田利家は織田家の小姓のころから、秀吉夫婦との間はろくな塀もなく垣根で仕切られ、極めて仲が良かった。その上、今の北政所と利家の妻まつ（後の芳春院）とは相性が良く、暇さえあればあれこれと世間話をする仲であった。

前田利家は豊臣秀吉と同年であり、徳川家康は四歳年下であった。家康は秀吉が亡くなると、秀吉の遺言を次々と反故にし各大名家の婚姻を結んでいった。家康は大坂城にて五大老として政務を司っている中で、豊臣家の盤石さに改めて感心せざるを得なかった。太閤殿下が天下を取ってから各大名間に強力な繋がりを作り上げ、この巨大な城塞はそう簡単には崩壊しまいと思っていた。それには大名間の婚姻を急がねばなるまいと考えていた。

太閤殿下が諸大名間の婚姻の禁止を誓紙を出させて遺言としたが、家康は徳川家と関係を保つように、豊臣恩顧の大名達の後継や徳川家の婚姻できそうな人を丹念に調べ始めた。家康は奥州の覇王伊達政宗に娘があることを知り、家康の六男の忠輝の嫁に貰い受けることを決めた。家康は将来の為に、実直で一本気な武将福島正則の世継正之には、家康の甥の松平康成の娘を養女として嫁がせることにした。その上、蜂須賀家の世継の至鎮には家康の曾孫に当たる小笠原秀政の娘を養女にして嫁がせることにした。

石田三成は家康の無法ぶりに激怒した。豊臣恩顧の大名達が次々と太閤殿下の遺言を知り抜いているのに、家康の意のままに婚姻を進めて来たことが……どれだけ太閤殿下に世話になったかを知るべきであり、殿下が亡くなると各大名は殿下に誓紙を書いて、出しているのに……と思うと三成は涙が出て来た。そこで、三成はいかに大老の職にある家康でさえも、そのことを許す訳にはいかなかった。自分と同じ奉行職から説き伏せ同意を得て、その上で大老職に訴え、家康を弾劾することにした。家康の元に使者を送って抗議することにしたが、当の家康はその訴状をみて、「わしも六十歳になんなんとすると物忘れがひどい。殿下に誓紙を書いたのも忘れて困るのじゃ。今後とも気を付けるので、御免こうむりたい」

家康はまるで他人事のように付け加えた。少し間をおいてから、

「わしが何を悪いことをしたというのか？　これもあれもすべて幼君秀頼様の御為であるぞ」

家康の態度が急変していった。

「豊臣恩顧の大名達が婚姻を結んで、豊臣家の結束を固め、秀頼様の御為に、なることに目くじらを立てて、このわしを騒ぎ立て、謀反を起こすことであることに相違ないということは、全くその根拠が曖昧である。この訴状を見て、治部少輔の仕業ではないか？」

家康は使者に向かって睨めつけた。使者は家康のドスの利いた剣幕に驚き、急いでその場を退いた。使者が帰ったあと、家康は三成等の仕業が小物の動きで、少しずつ三成の怒りを増長させ、豊臣家の分断化を図り、その一方に加担して時期が到来するまで待ち続け、一気に決着しようと心で思っていた。三成が大名間の婚姻で騒ぎ弾劾することに、使者を使って家康を罵ることは、家康との婚姻を成立した福島正則や蜂須賀家や浅野家も同然に三成にその矛先を向けていった。

とくに武勇に優れた福島正則は、官僚派の石田三成等と朝鮮出兵中の出来事を契機に険悪な仲になり、一五九九年（慶長四年）に前田利家の死後、加藤清正等と三成を襲撃する事件を起こした。その上に、福島正則の養子になっていた正之と徳川家康の養女（満点

姫）との婚姻をした。このことは故太閤殿下の大名間の婚姻の禁止を破り、殿下の遺命に反するものだったが、正則にすればこの婚姻こそ豊臣家と徳川家の将来の和平につながり、三成等に揚げ足を取られて糾弾されるとはないし、三成を痛罵した。

朝鮮に出兵中の出来事を福島正則や加藤清正、浅野幸長、黒田長政、細川忠興らが些細な職務怠慢を三成は秀吉に言いつけて、秀吉の怒りを買ったので、特に出兵中の豊臣恩顧の大名には忌み嫌われていた。豊臣家の番頭役としてはそうしなければならない立場であったが、「上様の言葉」であるとして彼らの不正をただして、三成の生真面目さが裏目に出ていった。出兵中の諸将達は出費もかかり、命がけで他国で戦っていることを忘れて、大坂城でのうのうと過ごしている三成に敵愾心を持ち、もうどうすることもできなくなっていった。

家康は謀臣の本多正信や井伊直正に耳打ちした。

「三成がいなければ、わしの夢が出来上がらない。三成によって夢が出来上がっていく。三成はわしの夢を作ってくれる奴よ」

正信も家康の鋭い洞察力と眼識能力に舌をまいた。

「上様の言う通り、三成がいろいろと画策することによって、次なる手を打つことが出来ますする。そうすると、三成は我が家の為に動き回ってくれているようなものですね」

家康も直正を見ながら、大きな目で付け加えた。

「三成を生かさなければ天下はとれぬ。太閤殿下が亡くなっても、いまだに淀殿や三成は太閤殿下の後継は秀頼様だと思っている。天下は禅譲されるものではない。古今東西、天下の座は奪い取るものであるぞ」

正信も直正もうなずいた。

「三成が次なる手を提供してくれましょう。それを待つことも楽しみじゃ」

家康はもう次なる手を想像していた。

「三成を佐和山に蟄居させて奉行職を辞すれば、何をするにも大坂城で権勢を振るえまい。それが見ものであるぞ」

家康は腕組をして三成がどんな手を打って出るか思案していた。謀臣の本多正信も三成の次の一手を想像し、家康に告げるために前に進み出た。

「上様！　三成は豊臣恩顧の大名である七将の為に大坂城から退去させられ、佐和山に蟄居させられ、無念のことでございましょう。今までは奉行職として豊臣家の権勢で、諸国の大名に秀頼様の意向として伝達できたものを、上様の取り計らいで奉行職を解任されて、さぞ悔しがっておりましょう」

井伊直正は正信に刺激されて、世間の噂を家康に告げた。

「福島正則や加藤清正等は三成が佐和山に蟄居させられ、今までのうっ憤が一気に晴れ、流石、上様であると喜んでおります」

家康は正信や直正を交互に見ながら、一段と低い声で言った。

「三成がこのまま、佐和山にじっと蟄居している訳がない。三成はこれから豊臣恩顧の大名達に、書状を出してわしの横暴を暴き、糾弾するための作戦に出るであろうと考えている」

家康はお茶を一杯飲んでから、自分の考えを述べ始めた。

「佐州よ！　これから上杉景勝が太閤殿下から死ぬ前に百二十万石の大大名に加増されて、自国の領内の要塞化を図り、浪人どもを集めて、道路の整備や軍備の強化に務めていると聞いている。これは太閤殿下に弓を引くものと見做す。豊臣家に謀反を起こすに違いない。自国の要塞化は謀反の証拠である」と強い口調で言い出した。話の区切りとして、佐州と官命で呼んだのである。

太閤殿下から上杉景勝は一五九八年（慶長三年）に会津に転封されると景勝から武功があったので、藤田信吉は越後津川城一万五千石の所領を与えられた。藤田信吉は一六〇〇年（慶長五年）上杉景勝から代理として新年の祝賀の為に大坂城に上洛した。徳川家康は東北の実情が知りたくて、藤田信吉を懇ろに接待して銀子や刀を贈りもてなした。

しかし、家康は上杉に何か事があることを待ちかねていた。上杉景勝が越後を去り、そこに転封されてきた堀秀治は上杉景勝をあまりよく思っていなかったので、上杉に謀反ありと訴えたことで家康は時を得たりとして、上杉との間で緊張が走った。家康は景勝に上洛して詫びを入れよと迫った。そのことに対して上杉の家老直江兼続はムキになって、家康に敵対する姿勢を見せた（ところで、堀は上杉との仲は上杉が秀吉によって越後から会津に転封する時に、新領主の為に残しておくべき年貢を上杉がすべて持ち帰ったことが原因と伝えられている）。だが、藤田信吉は上杉景勝に安易に挑発に乗らぬように進言して、大坂城に赴き、家康に対して命がけで懇願して衝突を避けるべく動いた。しかし、家老の直江兼続は藤田信吉が家康に買収されていると思い、藤田信吉を追放した。その後信吉は剃髪して僧になり、源心と名乗った。関ヶ原の戦いの後、家康は信吉の気心に好感を持ったので、下野国の西方に一万五千石の所領を与えて慰労した（小山評定も現在の小山市であり、三成が兵を挙げた時、真田昌幸親子が東軍につくか、西軍につくかの軍議も佐野市犬伏であった。その上、藤田信吉が、関ヶ原後、現在の栃木市西方町に居城を構えさせた。栃木県が歴史の転換点で中心地であった）。謀臣の本多正信は家康が今後何を画策して、三成を追い詰めていくかを家康の心底が理解できた。

「さすが上様は碁盤の目に捨石をおいて、次々と三成の心を駆り立て、上様の思うように仕向ける眼識感はあっぱれでございましょう。その上、三成めは奉行職を外され暇を持て余し、そのうちに時を探して、立ち上がりましょう」

正信は家康の考えに同調した。正信の話がすむと家康は、

「佐州よ！　三成が立ち上がるまえに、黒田官兵衛の息子の長政は我が方にすり寄ってきている。親の官兵衛の血筋を引いているから、今後の見通しは確かなものを持っている。長政を調略して福島正則を懐柔することが、我が勝利を確かなものにする。その任務をお任せいたしたい。血筋は争えないな。なあ、正信よ！　太閤殿下が存命中、大坂城で大名達が集まった時に、座興として、太閤殿下が亡くなると、次の天下人は誰かを問うと異口同音にわしの名前や前田利家や上杉景勝等の名前が出たが、殿下はそのもの達ではない。その名は黒田官兵衛だと言っていたように、あの黒田は大変な戦功を施してきたが、太閤殿下はあまり禄を与えなかった。あの知恵と能力があれば、禄を与えれば何をするか分からぬ男だ。そのために、太閤殿下のその一言が官兵衛を隠居させ、太閤殿下からお咎めを受けることを逃れるためであったろう」

家康の助言があって、正信は自分がすでに黒田長政に布石を打っていたことを報告した。

「上様！　すでに長政とは前から馬が合って、これから太閤の亡き後は、上様の時代だと調略しておりまする。その上、細川忠興も同じ考えでありますから、ご心配はご無用でご

ざいます」

家康は謀臣の井伊直正にも言い含めた。

「修理大夫よ！　加藤清正、黒田長政、浅野幸長、細川忠興等、特に福島正則や加藤清正等は朝鮮に出兵中や今までの三成のやり方が上様（殿下の言葉である）としての命令に対して不満を持っている。だから、三成憎しでいきりたっている。それを突いてやれば、豊臣の七将はいきりたって、反三成として我が方に味方するであろう。三成を利用することによって、運が開けるものよ」

一方の石田三成は佐和山に蟄居させられ、今までの雑務がなくなり、どうしたら佞臣の徳川家康に打ち勝てるかを昼夜問わず考え抜いた。一番頼りにしている上杉景勝の家老直江山城守兼続に密書を送って連携を取っていた。三成は自分の考えと直江兼続の考え方が似ていて、義を重んじ、愛を以て、家臣に接していたが、三成や兼続は理詰めで事を運ぶ性格が災いした。

家康は三成が佐和山に蟄居させられると、今、上杉景勝が新領地の会津の自国内の整備をし、要塞化して謀反を起こしているとして、各方面の大名に上杉を討伐するとして、軍を起こそうとしている。しかし、三成は上杉景勝の行動が全くの根も葉もないことに、事実を歪曲していることを知る。この事実を見過ごしたら家康の意のままになり、豊臣家の安泰が覆される恐れがある。ここで家康と決戦をして、白黒をはっきりする必要があった。その為に、三成は家康が難癖を付けて上杉景勝を討伐するという大義を振りかざして、近い内に奥州に遠征するという情報を得た。

家康が奥州に豊臣恩顧の大名を連れて上杉景勝討伐に向かって遠征しているうちに、大坂で兵を挙げることが最良の時期だと三成は思っていた。その時期を探るために、三成は家老の島左近に指示を出し、伊賀の忍びの者にも依頼した。三成は家康が遠い奥州で上杉討伐の為にこの上方を留守にして乱を起こせば、十中八九勝利が舞い込んでくるし、この時こそ千歳一遇の時期であると信じていた。

西ノ丸の北政所

北政所は西ノ丸に住んでも実際の政務も少なくして、この巨大な大坂城を淀殿と共に幼君秀頼の後見役として当たり、各大名の指揮監督をした。この後関ヶ原の戦いの後、徳川家康の援助をえて高台院（化粧料を得て）を建てたのである。家康は大坂城を時々訪れては北政所のご機嫌を伺った。豊臣の恩顧の大名の出来事をいろいろ報告して、殿下が亡くなると五奉行、特に三成との不仲に対して自分の正当性を進言した。それもこれもすべて三成を悪者にしたのである。

家康は福島正則や加藤清正等の七将が何故三成を襲撃したかを知らせたのである。三成は奉行として各大名に下知する時も、あることないことを殿下に告げ口し、殿下が激怒したのもすべて三成の仕業であり、その結果が豊臣恩顧の大名の標的になった。その上、三成は朝鮮に出兵中の出来事で各大名の揚げ足を取ったり、物資の調達も三成に好意を寄せるものには手厚くして、三成に反抗するものには物資の調達も削ったりした。家康は豊臣恩顧の大名同士が争いをすることが豊臣家の安泰に背き、見過ごすことが出来ない。秀頼様の御為として、福島正則や加藤清正等が三成に反発するのは致し方ないので、七将に義があると北政所に言い含めた。

「万に一つも、わしの言うことにいささかも偽りや諫言や造言の類いなきことをお知らせするまででございます。こういう事は福島正則や加藤清正や黒田長政等の七将にお聞きなされば、一目瞭然でござります」

家康は三成の所業を彼らに代行して北政所に直言すれば、自分は三成を直接非難しなくても理解されると思ったのである。家康は三成がいることが何より自分の夢がひとりでに転がり込んでくるのであり、にんまりとしていた。

北政所も家康の一言一言にうなずきながら聞いていた。彼女もその一部については聞いていたので、これから七将達に聞いてみる必要があった。

「内府殿には何かと心を配られて、かたじけのうございます。何しろ殿下が亡くなると、大名達も些細なことで反目することが一番いけないことですよ。今後も、内府殿にはお力をお借りして、事が大きくなることを避けるようにしてください」

北政所は家康が豊臣家の些細なことにも気配りして、もう独り身である自分にも心配してくださり、時々この地にも足を運んでくれることに律儀で誠実さを持ち合わせている方だと思っていた。北政所は家康にはいささかも邪心がないと思っていた。

「北政所様！　かような事実が北政所様の子飼いの大名達が怒っている理由でございます。三成めが、幼君秀頼様の名を借りて、天下を横取りするとわしには見受けられるのです」

家康は少し言い過ぎたと思ったが、今は少しずつ知らしめていた方が後ほど豊臣の恩顧の大名に働きかけるには良いと思った。その上、北政所様に言っておく方が家康は子飼いの大名達が北政所様を見舞われた時話が進むし、この家康が何らかの魂胆があるとはゆめゆめ思わないであろうと思っていた。三成を生かしておくことの方が天下を横取りするのに利するとは人々は思わないし、大義名分が立つので好都合である。

上方の大坂や京都の民の風聞を気にしないと天下人になれない。気配りが大切であることは信長公や故殿下も同じであった。

「内府殿！　福島正則や加藤清正等が西ノ丸にお見舞いに立ち寄った時、それなりに聞いておきまする。私も年を取り今、太閤殿下が亡くなると、さっぱり政道のことが分かりません。内府殿の気遣い大変有りがたく存じまする」

家康も突然、北政所から言われたので気持ちが高ぶった。

「北政所様！　各大名に聞いて見ることは一番の真実でありまする」

北政所は長い間世間話をしてきたので、侍女たちに茶を用意させた。家康は非常に健康に気を付けていることを北政所は聞いているので、子飼いの大名が朝鮮から持ってきたお茶（現在の烏龍茶）を入れてやった。

「内府殿は最近随分太ったようです、脂肪を取り除くといいと聞いておりまする。なにやら、天ぷらが大好物と聞き及んでおりまする。このお茶を飲んで健康に気を付けた方がいいですよ」

こんなにもこのわしを思ってくれたことに感謝した。北政所様に協力を得なければ、この家康は天下を取れないし、子飼いの大名もわしの方に味方する手立ての為に、北政所に好意を寄せているのであった。北政所は家康の気持ちを全く気付かずにいる。

「北政所様！　大変なお気遣い有りがたき幸せに存じまする。この家康、北政所様が何かと心配がございましたら、何なりと仰せください。命に代えてもわしがお守り致しまする。なお、わしは天ぷらが大好物で、つい食べ過ぎてしまいます。北政所様の温かいお気持ち家康、痛みいりまする」

北政所は家康の慇懃な態度に気持ちを良くした。微笑を浮かべて、

「内府殿はいくつになっても、律儀で誠実なお方であると故殿下から聞き及んでおりまする。だから、殿下はくれぐれも秀頼のことを頼んだのでございます」

家康は北政所からの言葉を得たことに大変喜んでいた。豊臣の恩顧の大名が、特に北政所の子飼いの大名達が立ち寄り、近況を報告しに行くことも家康は知っていたからであった。

「北政所様！　豊臣家の安泰を末永くお守りするには豊臣家の家臣同士がお互いに自重しなければなりません。そのために幼君秀頼様の御為に、何ができるかを考え抜いてこの家康頑張る所存でおりまする。なお、最近、上杉景勝が自国の要塞化を図り、軍備の強化や道路の整備に費やしていると聞き及んでおりまする。その件は上杉景勝が殿下の命で会津へ転封に伴って、その後に、堀秀治が入城した際、景勝が謀反の噂がありとわしに報告しました。わしもよく調査の上、逆臣を討つために奥州に行くことにもなろうかと思いま

す」

北政所は家康から上杉景勝が謀反ということを聞いて、まさかそのようなことが起こり得るのか疑わしくなったが、家康殿が堀秀治という大名の名前を使ったので、北政所も真実であるかと思うようになった。

「内府殿！　堀秀治殿は故殿下も目をかけていた武将で、上杉景勝殿が会津に転封する時（一五九八年（慶長三年三月））に上杉殿の後、越前北ノ庄（四十五万石）の大名として、春日山城に入ったのは、故殿下から聞いておりました。その堀殿が……」と言って、絶句した。

「誠に、殿下が亡くなると、こうも人心が荒れるものかとわしも驚きを禁じえません。これもあれも、三成と上杉景勝の家老直江兼続との仕業であろうと推察いたします」

家康は堀秀治の証言がこのように役に立つとは思わなかった。北政所の心を変えていかなければいずれ三成との決戦にも、豊臣の恩顧の大名特に（七将）の手助けを得なければ、勝利はおぼつかない。戦をするということは絶対に勝たなければ意味がない。そのためにはあらゆる手を使い、勝利に結び付けなければならない。北政所と淀殿や三成等との確執が幸いしていることも家康には有利に働いていた。

「しばらくの間、北政所様とお会いして、たいへん懐かしく思います。わしも有意義なひと時を持つことが出来、有り難く思います。今後もお身体をご自愛されますように」と言って、家康は大坂城の西ノ丸を去っていった。

その帰り道、家康はなだらかな坂道を下りながら、天下人になるには実に大変な気配りと労力を使わなければならないと思った。故太閤殿下も天下人になるには、このわしにもいろいろ気配りし、ある時は、殿下の母親を人質に出して、大坂城に臣下の礼をするように気配りをして、諸大名が居並ぶ中で慇懃に挨拶することを求めて来た。諸大名はそんなことは何にも知らずに、太閤殿下の威令に諸侯の大名はただただ恐れ入り、自然と頭を垂れたのである。小牧長久手の戦いの時は我が連合軍（徳川軍と織田信雄軍）が秀吉軍とで圧倒的に秀吉軍の人数が勝っていたにもかかわらず、我々に敗北した。そのことを諸侯の大名は知っていたにもかかわらず、このわしが居並ぶ諸侯の大名の中で、殿下に頭を垂れて臣従した。その甲斐があって豊臣政権が出来上がったのである。この世の中は、うまく芝居ができるかどうかであると思っていた。

福島正則

一五六一年（永禄四年）尾張国（現在の愛知県）に福島正信の長男として生まれた。正則の母親・豊臣秀吉の叔母（大政所の姉妹）であり、その縁で幼少から小姓として秀吉に仕え、一五七八年（天正六年）播磨の三木城の攻撃で、秀吉に従軍して初陣を飾った。福島正則も徳川家康の上杉景勝討伐に参加して、小山評定の軍議にも参加した武将であった。豊臣秀吉の四国征伐にも参加し、秀吉が九州平定後に伊予国今治十一万石の大名に任じられた。福島正則は数々の軍功を上げ、秀吉の縁戚にもあたり、次第に加増も多くなり尾張国の清洲城二十四万石を与えられた。

福島正則は諸大名の中で常に一番出世をした。秀吉が福島正則に尾張国の清洲に所領を与えたのは、将来、家康が関東から上方に攻め上る時に、生真面目で実直な性格の持ち主である正則を防衛の拠点の為に据えたかったからである。正則は戦国期の武勇に優れているが、知恵が足りないと揶揄されていた。豊臣恩顧の大名の中で武断派としてはこれ以上の武将はないと言われているので、家康は三成との決戦には福島正則を懐柔することが勝利の道であると確信していた。

福島正則を味方につければ、百万の味方に等しいと謀臣の本多正信に言い含めていた。正信は黒田長政に懐柔を依頼して正則を信頼させた。正則は思料に乏しく、あまり物事を深く考えずに、言いたい放題にいい放し、それがもとで災いを起こすことがたびたびあったのである。関ヶ原で東軍に味方して家康の天下になったことも、「この俺が徳川家康に天下を取らせたのだ」と周囲に言っていたことが家康の耳に入り、家康はその後も正則のことは注意深く観察し、正則は危険人物であり、何かのお咎めがあれば領地を没収することも視野に入れていたようであった。

しかし、正則は猪の武者のように立ち振る舞うが一六〇一年、安芸の国に転封した時に自国を検地し、米の石高を算出し、検地の結果を公表し、実収入に伴った年貢を徴収して領民の負担を少なくして善政を敷いた。自国内の寺社の保護にも熱心で、一六〇二年（慶長七年）には厳島神社を修復させた。福島正則は毀誉褒貶の武将であったが、言動が激しいので危険視されていたことは否めない。

官名は「佐衛門大夫」と称し、豊臣秀吉に目をかけられ、豊臣の姓も与えられて豊臣正則として侍従し、羽柴の名字も拝領した。ただ、三成憎しの為に東軍に味方して豊臣家が崩壊した時は、涙して大泣きしたと伝えられているのである。

後悔先に立たずの諺であるが、今あの時のことを思いながら、自分が浅はかであったために豊臣家の恩顧の大名でありながら、東軍に味方して徳川の世になったことが、取り返しのつかない結果になり、どんなに悔やんでも悔やみきれないことであった。ある時は黒田長政に調略されて高台院（北政所様）に相談したが、徳川家康がまさか掌を返すような真似は致すまいと思っていた。過去に戻ること（タイムスリップ）が出来たら、もう一度太閤殿下の御恩に報いるために、この福島正則は命に代えても家康の寝首を取りたいと思っていることを、亡き太閤殿下に報告して仕りたい気持ちであった。

正則（佐衛門大夫）は北政所に相談に行って、徳川家康と石田三成との間が緊迫している時に現在の状況をつぶさに話しして、「判断をお伺いたてまつりに参りました。私が大坂城の西ノ丸に少人数で侍従を連れてあの坂を上り、北政所様にお目にかかり、しばらくご無沙汰したので、表慶訪問方々ご挨拶をしましたのであった。私を見ると、北政所様はわしの手を取り合って、顔一杯に喜んでくれました」。今、まさに大坂城の桜のつぼみも大きくなっていた。

「佐衛門大夫殿！　よう来られて私も嬉しく思います。貴殿の顔を見ると元気が出ます。今日は何かのご用ですか？」

正則は北政所と縁戚であり、大政所の姉妹の子であり、子供のころから秀吉に小姓として仕え、秀吉に従軍して武功を上げ、取り立てられ今の身分になったのである。

相変わらずの笑顔で迎えられて、正則は嬉しかったのであった。

「北政所様！　見るからに元気な様子、正則、何よりの幸せに存じます。今日は北政所様に相談方々、忌憚なく、ご意見を伺いできればとのことです」

「そんなに真剣な顔をして、何かが起こったとしか思えません」

正則はしばらくぶりであった。北政所には目をかけられて出世し、大名に取り立てられたのも北政所のお蔭であった。正則は北政所の顔を見ながら言い出した。

「大納言前田利家殿がなくなり、誰にも相談する人もなく、ただ、独り考えておりましたが、わしの一存では考えがおぼつかないので、ご指導のほどお願いつかまります。今にも、徳川殿と三成との争いになろうとしておりまする。わしが朝鮮へ出征中に三成は『上様の言葉』とのことでわしをあげつらい、上様に報告し、わしたちをないがしろにしておりまする。帰坂すれば上様はすでに亡くなり、上様の遺命である私婚の禁止も、元をただせば豊臣家と徳川家の和平の為と思い、婚姻を結んだのでありまする。そのことを三成は理解していない。三成こそ殿下の亡き後、秀頼様の御為と称して、天下を横取りするものと思いまする」

正則は今まで溜まったストレスを一気に吐き出し、北政所の理解を得ようとした。

北政所は小姓のころから正則の身辺まで世話をし、良き相談相手にもなった。その武将が哀願するように訪ねて来てくれることは、可愛くもあり、我が子のように思ったのである。

「内府殿も三成にしても、一方は五大老の一人であり、もう一方の三成も五奉行の一人であり、どちらも豊臣家の家臣でありましょう。その両者がいがみ合って、どちらも豊臣家の安泰と秀頼の御為と称しておりまする。内府殿は私が西ノ丸に居を移して、政務から遠ざかっていても時々お見舞いをされ、近況を話し雑談をして帰られまする。内府殿は幼少のころから苦労をして、何度となく辛苦を味わい人の気持ちが分かっているのでありましょう。その上、今までの彼の人生を検証するに実に律儀で、誠実な方とお見受けいたしまする。実子信康殿や正室築山殿を上様（信長）の意向で殺害しても、ただただ忍従してきた方ですぞ。そういう人は実に少ないと見受けられます。故太閤殿下の健在の時も、実に従順でございましたことは、佐衛門大夫もご存じであろう」

正則は北政所から今までの内府殿のことをこまごまと説明されると、納得した。

「北政所様！　いろいろとご教示有りがたき幸せに存じまする」

北政所の考えに、正則の気持ちもすっきりし、内府殿も秀頼様の御為と考えてのことが理解できた。内府殿のことは今まで正則が思っていた以上に邪心がないことが分かったのである。

正則が帰り際に北政所に呼び止められた。

「佐衛門大夫殿！　そなたは以前泥酔して家臣に切腹を命じて、翌朝になって間違いに気づいたがもはや取り返しがつかず、その家臣の首に泣いて詫びたということもあったと聞き及んでいる。さらに酒席上で、黒田家家臣・母里友信に酒を強要し勧めたが、断られたので、『この大盃（約一升）で飲み干したならば、お前の好きな褒美をとらす』と執拗に勧めた。『黒田武士は酒に弱く、酒さえ飲めない奴は使い物にならない』と激しく罵ったが、家名をひどく傷つけられたので、母里友信は元々酒豪であったために、大盃の酒を一気に飲み干したであろう。そして褒美に故太閤殿下から頂いた名槍（日本号）を所望されて、貴殿は不覚にも家宝の槍を飲み取られることになった。ということを家臣から聞いていた。間違いでなかろうな」と念を押されたのである。

北政所様からこの場に及んで言われ、赤面の至りであり、正則は大変恐縮した。

「北政所様は何でも御見通しでございます。これからは言動にも気を付けてまいりますゆえ、ご容赦のほどお願い仕りまする」

「佐衛門大夫！　もうそなたは沢山の家臣もおり、その家臣の生活や領民の生活も世話をする身分でござろう。軽はずみな行動をとらぬようこの私からもお願いします」

正則は暫くぶりで北政所と話し合い、この上ない喜びに浸ることが出来たのである。

何でも北政所様は我々のことを知り尽くしていることに改めて感じ入った。正則は何事においても、北政所様に相談することにすれば自分の責任も回避できると思い、晴れ晴れした気持ちで帰ったのである。正則は万一、徳川家康と石田三成が相争うようになった時、北政所様はどちらに味方せよとの仰せがなかったが、今、彼女との話で内府殿に味方をせよとの無言の承諾のようであることが理解できたのである。

黒田長政が内府殿は豊臣家の安泰の為、秀頼様の御為に、そのことの為に、もし豊臣恩顧の大名でも、豊臣家に弓を引くものには討伐するとの御旗を立てているのだと言っていた。そのことについて、それなりに理解したのである。北政所様も、家康殿も三成にしろ、豊臣家の家臣同士の争いであるから、との仰せであり、どちらが勝とうが豊臣家は安泰であると思い、正則はあまり深刻に考えなかったのであった。正則は西ノ丸から石段を下るのにも、心が軽やかであった。

加藤清正

加藤清正は一五六二年（永禄五年）六月二十四日父親・加藤清忠の子として、尾張国愛知郡中村（現在の名古屋市中村区）の刀鍛冶屋に生まれた。母は鍛冶屋清兵衛の娘・伊都という名であった。父親が清正の幼い時に死去しており、母親は羽柴秀吉の生母である大政所の（遠縁）にあった。秀吉は百姓の子として生まれたので、秀吉が近江長浜城主となった時に、縁戚が少ないので小姓として仕えた。清正は秀吉の親戚として将来を期待され、可愛がられた。

清正は秀吉の数少ない身内として秀吉の期待に応え、生涯忠誠を尽くしたのである。特に、一五八二年（天正十年）に本能寺の変が起こり、清正は羽柴秀吉に従い、天王山（別名山崎の戦い）の戦いで奮戦し秀吉軍の勝利を導いた。一五八三年（天正十一年）柴田勝家との賤ヶ谷の戦いで、「賤ヶ谷の七本槍」の一人として活躍した。朝鮮との戦いで長期戦になると思い、秀吉の命令を無視して和睦を結ぼうとする小西幸長と対立し、幸長は加藤清正が講和の邪魔になるとして、清正が豊臣の姓を勝手に名乗ったことやとにかく清正の独断専行することが多いので、秀吉に訴えた。

石田三成も朝鮮出兵を命ぜられ、主に物資の輸送や調達役として豊臣家のことを考え、戦争の継続は不利と見て、小西幸長と共に終結の為に秀吉に進言した。その時に石田三成は秀吉に全幅の信頼があったので、朝鮮戦争の総括を豊臣政権の番頭役として伝えた。清正は秀吉の逆鱗に触れ、京に戻され謹慎となった。加藤清正はこのことから、三成と決定的に対立することになり、そのことが原因で関ヶ原の戦いで東軍（徳川家康）に味方した。

肥後国の大名であった佐々成政が領民の反抗にあい鎮圧できなかったので、秀吉の九州征伐に従い、佐々成政が失脚され、替わって加藤清正が肥後北半国十九万五千石を与えられ熊本城の大名となった。加藤清正の肥後における治世は良好で、農業で特産品を作り、商業も活発になり、自国内の治水や土木工事にも手腕を大名としていかんなく力を発揮した。一五八九年（天正十七年）小西幸長の自国内の天草で一揆がおこり、幸長の説得を無視し出兵してこれを瞬く間に鎮圧した。清正は朝鮮戦争中に三成と幸長が結託して、秀吉に言いつけたことで、その反攻として、全精力を費やして鎮圧したのは幸長や三成に対してであった。

加藤清正は朝鮮の民衆から「鬼大将」と恐れられたが、清正が朝鮮出兵中に虎退治をしたと筆者も子供のころ知らされ、掛け軸にも虎に向かって槍を向けている姿が今なお脳裏に焼き付いている。真実は黒田長政とその家臣の逸話であったとされている。加藤清正は秀吉が年を取り体が老衰したので、元気を取り戻すために猛獣の肉を食えば元気になると思い、秀吉の元へ虎の肝臓を贈ったので、後世、清正の逸話になったとする所以である。

秀吉が死去すると、次の時代は徳川家康になるだろうとして家康に急接近した。清正は家康の養女を継室として娶ったのである。前田利家が亡くなると、福島正則や浅野幸長等と共に石田三成の襲撃にも参加した。徳川家康が上杉景勝討伐の時は奥州の遠征には家康から、肥後の大名になったので、佐々成政でさえ自国内の鎮圧に苦労したので、よく治世をするようにと言われ、小山評定には参加していなかった。

一六〇〇年（慶長五年）、関ヶ原の戦いで、九州に留まり黒田官兵衛（如水）と共に家康（東軍）に協力して小西幸長の宇土城、立花宗茂の柳川城などを調略し、西軍の勢力を次々と破ったのである。小西幸長や立花宗茂らは清正との対立が起きたのは、朝鮮出兵中に三成と共に秀吉に訴えたことが原因とされている。そのために秀吉が激怒して謹慎させられたのが始まりであった。黒田如水が関ヶ原の戦いの最中に、加藤清正と共に九州の大半を平定して、家康との戦いをしようとしたかについては、黒田如水自身にしかわからないし、天下を狙うという野望があったかは非常に疑問に思うのである。

関ヶ原の戦いの後、加藤清正は戦後の論功行賞で、小西幸長の旧領の南半分を与えられ肥後国五十二万石の大大名になったのである。一六〇三年（慶長八年）豊臣姓を下賜されている。徳川家康は夏の陣が終わると豊臣の姓を名乗ることを禁止した。江戸幕府の世の中になり、幕府の命令で名古屋城の普請に家康から命令され、その上、福島正則は多額の金品と労力を要求されて、徳川家の江戸や駿府なら我慢するが、この城は妾の子の城であろう。何でこんなことまで我々はやらなければならないのかと嘆き、池田輝政に「お前は徳川殿の婿殿であろう。我々の為にこの厳しさを直訴してくれ。俺はもう経済的にも労力も限界である。助けてもらいたい」と愚痴をこぼし嘆願した。

輝政が黙っていると、そばにいて城の普請で働いていた加藤清正に「そんなことを言うもんじゃない。城の普請がそんなに嫌なら、国元に帰って旗を上げて戦え。それがだめなら命令通り、仕事を続けよ」と言われ、その後黙々と仕事をしたという。どうも佐衛門大夫は何事も一言多すぎる。このことで内府殿にお咎めされなければよいがと、清正は嘆いていた。清正は福島正則のように短慮ではなく慎重であった。清正や正則は秀吉や北政所と縁戚になっていた数少ない身内であった。

正則は清正と仲がよかったので、何時も清正にたしなめられていた。家康が関ヶ原で勝利を収め、江戸城の築城を手伝わされた後、今度は名古屋城の普請を手伝わされ、その経済的負担と労力の負担に我慢が出来なくなり、正則は親しい清正に愚痴をこぼした。

「佐衛門大夫よ！　お前は何でも平気で誰の前でも口答えをする。ものをいう場合によく考えて言うべきであろう。言葉とは恐ろしいもので、誰かがお前のことを内府殿に告げ口するかわからぬであろう。この俺でさえ太閤殿下が健在であった時、朝鮮出兵中に和睦を結ぼうとした小西幸長と三成が、俺が邪魔になって、上様（秀吉）に言いつけ、自分の身内の太閤殿下でさえ、俺を蟄居させたのだ。そのことはお主も承知しているだろう。人の気持ちはその時によって変わるから、十分気を付けなければならぬ。その一言で、内府殿に聞こえたら、大変なことが起こり得ることよ。謀反を起こすと見做されても仕方ないであろう」

清正の一言で正則は声を一段と落として話を逸らした。自分の不注意で何かが起こることを正則は心配をした。いくら人に注意をされても、生まれついてくる性分というのは治らないのである。加藤清正は藤堂高虎や黒田官兵衛と並んで築城の技術は高く評価されていた。熊本城や江戸城や名古屋城など数々の築城に携わったのである。清正は肥後国の治水事業にも取り組み、土木事業の技術も優れ、現在でもつかわれている。

肥後国の前の大名は佐々成政であったが、肥後国の領民は「もっこす」という熊本の方言であり、現在の言葉では「頑固一徹」というのが当てはまるようである。自分の意に添わなければ大名相手でさえ反抗して、命を顧みない風土であった。佐々成政は大名の権力で領民を抑え付けようとしたために反感を買い、肥後の領民の鎮圧が出来なかったが、清正は土木事業を施し、農業の生産を倍増し、年貢も平等にした。もち米や水飴・砂糖などを原料として長生飴というものを考え出した。戦の常備食として疲れを癒す食べ物で、今では熊本の銘菓になっている。

加藤清正が今になっても庶民の間で人気があるのは、朝鮮出兵中の出来事が誠しやかに語り継がれ、「加藤清正の虎退治」や、体格もよく背も高く「馬に乗った清正の姿」・帝釈栗毛は清正の愛馬である。帝釈とは仏教でいう守護神帝釈天のことで、馬の高さが六尺三寸以上あったという巨大な馬のことである。清正が馬にまたがった勇壮な姿がまた、その絵が派手であり、その色の鮮やかさは戦前・戦後の掛け軸にあり、筆者も記憶に生々しく残っている。

清正は関ヶ原の戦いの半年前頃、三成と家康が、争いが起きそうな雰囲気の中で、大坂城の西ノ丸に北政所を表敬訪問して北政所のご意見を聞いてみようとした。北政所は清正が小姓の時から手塩にかけて育てた武将なので、特別可愛がった。

北政所は清正を虎之助という名で呼んだ。清正は人一倍身体が大きかったが、北政所の前に行くと借りてきた猫のように、おとなしく従順になれたのである。

「虎之助！　今、内府殿と三成との間で不穏な動きがあると私に教えてくれる者がおりますが、もしも、そういう時になったら、何をさておき、内府殿に味方されるように」と言い出した。

何故、北政所様は内府に味方せよと仰せられたのか、虎之助は耳を疑った。まだその当時は秀吉が亡くなり、大坂城は北政所と淀殿との確執が激しく、石田三成は近江育ちで淀殿とは故郷も同じであり、年齢も離れてなく、秀吉存命中も何かと淀殿の相談相手になっていた。それに引き替え、北政所は尾張生まれの福島正則や加藤清正や浅野幸長等との関係が深かったのである。秀頼を生んだという淀殿の自尊心が北政所には気に入らなかったし、北政所は疑いを持っていたのである。

「何故、北政所様は内府殿に味方をと仰せられるのでございますか？」

北政所はすぐに、虎之助をじっと見ながら反応して言った。

「虎之助！　三成は貴殿をはじめ、豊臣の七将と反目しているであろう。しかし、私が西ノ丸に移ってからも内府殿は気遣って何かと心配をしてくださる。内府殿は律儀で、誠実に豊臣家のことでも今まで仕えてくれたのでありまする。それに引きかえ、三成や淀殿は太閤殿下が亡くなると手のひらを返すようになって、最近はその傾向が強いのです。そういう理由であり、内府殿も三成も同じ豊臣の家臣ですよ」

そういうと北政所はにこやかに微笑をした。北政所は清正にこれだけ告げれば、十分理解が得られると思っていた。このことが（関ヶ原の戦いの後）想像もつかないことが起こり得ることに考えもつかなかったのである。また、虎之助も全く疑いもなく同調したのである。北政所も清正も得体の知れない運命に遭遇するとは夢にも想像すらできなかった。

一六一一年（慶長十六年）に家康の要請により二条城において、家康と豊臣秀頼との会見を実現するために、清正は命がけで秀頼を護衛した。清正は今の家康にもずいぶん世話になり、関ヶ原の戦いには参戦しなかったが、肥後国の治世に尽くすように家康から下知されていたので、そのために九州の西軍の大名を黒田官兵衛と共に平定したが、小西幸長の居城は肥後国の南半分を占めていた。小西幸長は石田三成と親しく、朝鮮出兵中にもこの者たちには随分と秀吉に告げ口されて、その結果、蟄居させられた経緯があった。小西幸長と加藤清正は隣同士の大名であったので、国の境界等のことでいがみ合っていた。

清正が関ヶ原に参戦せず、九州の平定に尽力し、黒田官兵衛と共に清正は肥後国五十二万石を、官兵衛は子の黒田長政の関ヶ原の戦いに軍功を上げたので、筑前福岡藩主で五十二万石を与えられたのである。加藤清正は秀吉に取り入れられて、とんとん拍子に出世をし、肥後国の北半分十九万五千石を与えられることになった。そのことは旧恩であると清正は思ったのである。関ヶ原の戦いの時は九州の殆どを官兵衛と共に平定し、関ヶ原後、今までの分と合わせて肥後国五十二万石になり、家康から頂いたのは新恩である。

今度は、内府殿から秀頼君を二条城に上洛することを要請されたので、亡くなった上様（秀吉）にお世話になった旧恩の為に、万分の一でも返すために秀頼君をお守りして仕《つかまつ》りたい。今の世は徳川の世の中になり、家康殿の意向に沿った行動をしなければ、その咎でいつ攻めほろばされるかわからぬ情勢である。そのためには秀頼様は二条城に上洛して、内府殿に拝謁しなければならない。そのことを淀殿に織田有楽斎が使者として説得しても、頑として首を縦に振らなかったという。淀殿の言い分は秀頼が天下人であるのに、何故、家臣の内府殿に拝謁しなければならないのかを問われて、有楽斎は返答に困ったとのことであった。淀殿の剣幕があまりにも凄みを帯びていたので、その場の雰囲気が何とも言い表せない状況であった。

清正は北政所に相談申し上げた時に、今の世を淀殿は理解していない。その為に、二条城に拝謁し、今後の豊臣家の安泰の為に、上洛して徳川の家臣に成り下がることが豊臣の生きる道であると北政所は清正に言い含めた。その任務を清正に依頼し、淀殿を説得するようにした。淀殿は秀頼が二条城に上洛すると家康に殺されるのではないかと思っているようであった。

清正も元々北政所の子飼いの武将で縁戚である。福島正則や浅野幸長も同然で、淀殿には何の魅力もなく、世話になったという記憶もない。太閤殿下の子の生みの親であるという事実だけで、この城塞の実権を握りしめているのである。その秀吉の遺児という事実が自分達に忠誠心と御威光を植え付けさせ、頭を垂れさせているに等しい。加藤清正も福島正則も浅野幸長でさえ北政所には指折り数えきれないほどの御恩がある。しかし、淀殿には全く御恩がない。しかも、世間では秀頼が太閤殿下の子であるか定かでないと揶揄されていることも事実である。

そのことで、自分達は淀殿に気を遣いすぎて、進言することさえ躊躇することもいかばかりかと考えている。清正や正則や幸長も全く同然という思いで意気投合した。この際、太閤殿下の御恩に報いるために、我々三人で淀殿に進言して、秀頼君を二条城で内府殿に会見させる手立てを考えることにした。本来なら家老の片桐且元に言い含めて、秀頼君を二条城に上洛するように取り計らうことがベストだが、且元は内府殿の顔色ばかり見て、自分のことばかりを考え、淀殿に真実を話してやることさえできないだろう。と三武将も思いは全く同じであった。

この世はすでに徳川家康の世になり、その事実はもうどうすることもできない。しかし、「故太閤殿下の御恩に報いるために、我々三人は命を賭して豊臣家をお守りしようではないか」と清正が提案した。他の正則や幸長も同感であり、同調したのである。その清正は大坂城へ大野治長を説得し、大蔵卿局も説き伏せ淀殿に拝謁して、秀頼君は二条城に上洛されることが豊臣家の安泰の為であり末永い幸せの為であると、清正は必死になって懇願した。清正の声が震い、涙があふれ出て、止めどなく流れ出した。

その真剣さと誠実さが淀殿の気持ちを動かした。すぐさま今の状況が分かってきたのであった。

「主計頭！　よう、申された。そのことは貴殿の言う通りじゃ。家康殿は何を考えているか、私にも理解に苦しむ。秀頼が万一の時はどうされるのか、答えてみよ」と淀殿は言った。

清正はこの一言で、秀頼君は上洛して二条城で家康に会見してくれることが分かったのである。これでひとまず豊臣家は安泰であり、故太閤殿下に報いることが出来たと思った。清正は淀殿の前で、喜びの涙か安堵の涙か定かでないが、涙が止まらなかった。

「秀頼の護衛を自分の兵力を以て身の安全を保証し、秀頼君のそばを離れず、万一のことがあれば懐に短刀を忍ばせ、家康の首を取る所存でございます。その上、福島正則も浅野幸長も万一のことがあれば、兵を常駐させて護衛に努める所存でございます」

清正は秀頼君が家康と二条城で会見することになったので、淀殿に「秀頼君に拝謁したい」と申し出た。淀君はこの機に及んで清正殿の願いを許した。淀殿は清正が北政所と昵懇であった為、しぶしぶ許した。このころは関ヶ原の戦いが済んで既に十年の年月が経ち、日が経つにつれて、家康の気持ちが少しずつ変わり、北政所はあまりにも家康が豊臣家のことをないがしろに扱うことに、「自分で豊臣恩顧の大名を内府殿に味方するように進言した」ことを後悔している節があった。

近年の田畑泰子氏等の研究では北政所と淀殿とはむしろ協調し、連携していた関係にあったといわれているが、このことは時が経つにつれて、当初、北政所が予想していた家康の態度があまりにも変化し豊臣家に厳しくなってきたので、北政所も心を変えて淀殿に味方をしていったのではないかと考えられる。人は元気で確執を生むうちは喧嘩もできるが、自分で作り上げて来た豊臣家の滅亡を目の当たりにすると対立関係にあった者同士が結びつき、手を合わせて、豊臣家を立て直そうとして協調関係になったと考えられるのが妥当であると考えられる。

誰しも落ちぶれて行くもの同士には協調し手を差し伸べるが、お互いに元気である時は対立し、相手を追い落とそうとする力が働くが、自分たちで作り上げて来た城塞が今落ちそうになると力を合わせて、元に戻そうとする。人の世はその時その時の事情により、ある時は敵になったり、ある時は仲睦まじくなったりする。このことは権謀術数の世界では起こり得ることが多々あると考えられる。現代の政治の世界でも起こり得、昔でも権力を得ることは今と全く同じであると考えられるのである。人の心は時代が変わろうとも変わらない。

清正は今まで、秀頼君に拝謁したことはなかった。家老の片桐且元や北政所や大蔵卿局から聞いていたが、豊臣家の威光は、この城塞や千畳敷の大広間と内壁の豪華さと金箔が張り巡らされた欄間や、天井のきらびやかさにあり、清正はそれに圧倒された。襖は狩野派の絵師が描いたとみられる四季松図が色鮮やかに描かれている。清正は肥後国五十二万石の大名であり、清正の前は佐々成政が大名として君臨していた。佐々成政が肥後国の領民の抵抗を受け、鎮圧できなかった。狩野孝信の母親は佐々成政の娘である。佐々成政は強直な武人であったが、絵画の才能をもっていたことは清正には驚きであった。秀吉に改易されて、切腹を命ぜられている。

もう秀頼は年も十八歳になり、身体がまさに大きい堂々たる青年になっている。清正は自分の命まで賭して豊臣家の為に尽くそうと思っているのに、淀殿は清正に対して冷たかった。そのことは北政所様の方についているからだと思った。その淀殿が宝のようにしている秀頼を清正に見せるというのである。

この大広間で上段の間に秀頼が現れて、はるか下方で平伏している清正にとって人の気配だけが感じられる。大野治長がそばにいて声だけが聞こえた。

「面を上げ！」

清正はゆっくりと時間をかけて顔を上げた。

秀頼はかなり遠いところに座っている。家老の片桐且元からとくと聞いていた通り、堂々とした体格であった。貴人をあまり仰ぎ見ることが出来ないので、非常識に振る舞うことができない。清正が平伏しているうちに、秀頼の姿は上段の間にはなかった。

しかし、清正は幼君秀頼様が堂々とした体格であるということの事実がはっきりした。そのことだけで清正は喜んだ。家康殿は実に年齢は七十歳を超している。若い秀頼が今後が楽しみであった。しかし、清正は自分の生い立ちや育ちざかりの厳しい環境であったころ、人との競争に揉まれて涙を流したり、悔しさや苦痛を受けなければ、何の苦労もない。この権謀術数の激しい世の中で、いろいろの試練を受けて人間は成長するのである。痛みを受けて、人の痛みも、悲しさも感じることが出来るのである。何の体験も受けてない秀頼君は、厳しい乱世の中で生きていけるのかを清正は心配した。

この世は人の中で揉まれながら育ち、刺激を与えられなければ平衡感覚が狂ってくる。毎日が命のやり取りで、生かされ生きていかなければならない。この俺は刀鍛冶屋で生を受け、幼少のころは食べ物にも事欠き、川に行って魚を取って食べ、山に行って山の幸を見つけて、腹を満たしたのである。何の不自由もなく育つと人の痛みも、悲しみも分からない。痛みを受けたり、涙を流して人は一人前に育っていくのである。

お袋様（淀殿）は育ちざかりに、悲惨な二度の落城と父親の自害と、また母親の連れ合いの養父と母親の自害に遭遇した。あまりにも悲惨な出来事に巡り合い、秀頼にはその悲劇から守りたいが為に、この大坂城から一歩も出させない。お袋様はその悲劇の為に、自分の息子には同じ経験をさせたくないのであろう。その悲劇のトラウマにより、お袋様は何事もヒステリックになって、突然大声を発したり、わめき出すことがしばしばあると清正は聞き及んでいた。

関ヶ原の戦いにも幼君秀頼様が出馬すれば、豊臣恩顧の大名達はいくら北政所様が家康に味方せよと仰せになっても、家康殿に立ち向かったであろうと清正は思ったのである。今、清正は徳川の世になって、あの時ああすれば良かったと走馬灯のように考えが浮かんでくる。そう思いつつ大坂城を後にした。

清正や浅野幸長や福島正則は秀頼の上洛の準備をしていた。清正と浅野幸長は大坂から京の二条城までの要所に兵を駐在させた。秀頼君の万一に備えて鉄砲や槍や弓をもった兵力でこの行列を見守った。浅野幸長は伏見城に福島正則には大坂城で引きこもらせ、いつなんどきでも凶変に備えて対処できるようにした。

「家康は何をし出すかわからない」という不安や噂が飛び交い、大坂や京の町民は家康の腹黒さを感じていた。町民は誰しも秀頼の味方になって、家康の得体のしれない危うさを感じ取っていた。秀頼は大坂城以外、外の世界を全くと言っていいほど何も知らない。見るもの聞くものが初めてであり、驚きの連続であった。

京に向かう中桜が八分咲になり、もう少しで満開になろうとしていた。物々しい護衛に囲まれて、秀頼は刻一刻と二条城に近づきつつある。京や大坂の町民はまた大乱が起こるのか、それとも豊臣家と徳川家との和睦で太平の世の中になるのか、人はそれぞれ自分の考えで話をしているに過ぎない。町民の中には家康殿と秀頼とはどちらが天下の主なのかを想像していた。しかし、徳川殿の天下が定まって十年の年月が経っている。その為に家康がいる京の二条城に拝謁に上洛するということでも、徳川の天下はすでに定まっているが、京や大坂の町民にはそう思いたくもないことが理解できたのである。

京に入って、豊臣家の家老片桐且元の屋敷で秀頼は家康との会見の為に礼服に着替えた。今まで家康はいろいろと理由を付けて、故太閤殿下の供養の為に神社・仏閣を修復するようにとして豊臣家の財産を使わせようとの魂胆があった。しかし、清正は家康の機嫌を損なわないように気を使った。秀頼の上洛によって、家康の意向に沿って好意を得て豊臣家の将来を保障してもらうことが、清正の主な目的であった。

それによって、清正は関ヶ原の戦いで東軍に味方した咎のせめてもの瑕疵をなくしたいと思っていた。秀頼は片桐且元の屋敷を出て、朱傘を差して二条城の大手門をくぐり抜けた。豊臣家の大名と徳川家の大名が玄関まで平伏していた。白洲に清正が膝をついて、待っていた。朱傘の下に大男が現れた。このような近くで清正が秀頼を見たのは初めてであった。平伏している豊臣の大名も徳川家の大名も、小柄な秀吉とは考えも付かない大男であったので驚いていた。

この大男は色白で実に男前であり、勇壮な姿に威厳があった。人の噂による右大臣秀頼は阿呆であるという説は吹き飛んでしまった。清正はこの秀頼の雄姿を目の当たりにして内心安堵し、安心もした。今日の日を乗り越えれば、豊臣家も安泰であると思った。家康が秀頼の雄姿を見て、どう考え、どう思うかについて思案した。

家康は豊臣家の臣下であったころ、豊臣家に臣礼を取っていた習慣が抜けきらなく、家康の方から礼をしてしまった。秀頼はごく自然に答礼した。家康は自分の自尊心を傷つけられ、この小僧に自分の仕草に腹が立ってきた。家康は仕方なく微笑をした。清正は懐に短刀を忍ばせて、万一に備えて絶えず様子をうかがっていた。家康も秀頼の雄姿に目を見張り、この男が二十歳に満たない若者に一種の恐怖を感じたのである。

清正は秀頼から離れず、ぴったりと従っている。次の間には清正と昵懇の浅野幸長や池田輝政などが控えている。家康は清正の態度が気に食わない。

「虎之助め！　この俺を疑っている。小憎らしいやつである」と思っていた。

秀頼が徳川方に案内されて、南に向かって着座した。家康は北に向かって着座した。外は桜がすでに咲いている。満開が近く、もうすぐ春が手の届くところに来ている。襖の音がし、北政所が入って秀頼のそばに座った。家康から頼まれての御相伴役である。

「京はいかがでしたか？」

と北政所は声をかけた。秀頼は「はい」と答えただけだった。

秀頼は何もしゃべらず、ただ茫然と家康を見ているだけである。子供のころから女性の中で育ったので、返答にまた、何を話していいか手間取っている様子でもある。家康は秀頼が馬鹿か、阿呆か、判断に苦しんだ。しかし、この大きな体格と若さに一抹の不安を感じたのである。家康と秀頼は酒を酌み交わしたが、秀頼は唇を近づけるだけで飲まない。この場に来るときに、「淀殿から召し上がってはならない」と秀頼に教えていた。

古文書の「十竹斉筆記」に家康は医学に関して、常日頃にもずいぶん気を使い、当時の医者より知識があったとされている。司馬遼太郎氏の『城塞』によると、その記録の中に毒饅頭のことが書かれている。平岩親吉は三河の出である。平岩親吉は徳川家康に忠義として、徳川の天下は安心できぬと見て加藤清正も浅野幸長もあの世に送らなければならないので、相手を安心させるために自分でも食ってしまったという。

　秀頼に勧めたが、淀殿に言われていたので食べなかったのである。この噂は毒を饅頭に入れたという証拠がない。この毒は現代のトリカブトのようなもので、すぐには効かないが、体内に入ると次第に神経細胞を冒し、ついに生命さえ時間と共に蝕まれていくといわれている。彼らの死がこの一六一一年（慶長十六年）に相次いでいる。加藤清正は六月二十四日に年齢四十九歳で、浅野幸長は八月二十五日に三十八歳で、平岩親吉はこの年の十二月三十日に亡くなっている。あまりにも偶然が重なりあったが、証拠がないその時代では真偽はわからない。とにかく不思議なことも起こり得ることであった。

　家康は天下人になることの大変さをかみしめたことは確かである。また、関ヶ原の戦の後、もう十年も過ぎて豊臣家の時代は終わりを告げたのに、今なお、加藤清正や浅野幸長や福島正則等は自分を信用していない。自分にどれほどの恩恵を受け、享受しているかが分かっていない。家康は内心腸が捻じれる思いであった。秀吉が天下人になるのに、諸侯の大名が居並ぶ中で秀吉に臣下の礼を取る為に、自分の母親をこのわしに人質を出してまで礼を尽くしたことを思い出していた。なおさら、世間や一般の町民には儀式が必要であり、演技をしなければ納得しまい。その演技は時間をかけて、見せることが必要であった。

浅野幸長

一五七六年（天正四年）近江国浅井郡小谷（滋賀県長浜市）浅野長政の長男として、生まれた。父親は豊臣秀吉の正室（寧々）の義弟で、豊臣政権では五奉行の一人になっている。秀吉も寧々も縁戚が少ないので、浅野長政のような人材が必要であった。関白豊臣秀吉が関東の雄北条氏政に上洛を求めたが、これを拒否した。一五八八年（天正十六年）北条氏は家臣の間で豊臣秀吉に臣下の礼を取るか、対決するかで意見が分かれて、結論が出なかった。

氏政は豊臣秀吉への全面従属には反対であるが、しかし、今の豊臣政権下であっては家臣の説得により、致し方ないと思ったのである。北条と武田とは隣接関係にあったので、いざこざが絶えなかった。武田の家臣であった真田昌幸と北条氏との争いで、一五八九年（天正十七年）関白豊臣秀吉の調停で沼田城は北条に引き渡されることになったが、真田昌幸は「名胡桃城は先祖の墓を祭ってある土地であり、これは引き渡せない」として、秀吉は家臣の津田某と富田某を派遣して検分した結果、沼田城を含む利根沼田の三分の二は北条に、利根川を境として名胡桃城を含む三分の一はそのまま真田領とされた。

しかし、沼田城の北条の家臣猪俣邦憲は名胡桃城の家臣を調略して、城を奪い取った。これが名胡桃城事件であり、真田昌幸は関白秀吉に直訴した。これが惣無事令（秀吉が禁止した私戦禁止令）違反に当たるとして、関白秀吉の怒りに触れ、一五九〇年（天正十八年）に小田原征伐が決行された。秀吉はいまだに上洛を引き延ばす北条氏政の姿勢に業を煮やし、豊臣家への臣下の礼を拒否することは従属拒否と見做して、二十二万の大軍を従えて小田原城を包囲した。小田原城は城郭の中に町を形成した特殊な構造になっていた。この街にはいろいろな職業の職人が住み、生活に支障がこないようになっていた。

その様式を観察して、秀吉は小田原城は当初から籠城が出来るような構造になっていたことが理解できた。氏政が降伏しなければ我が方も焦ることはないと感じた。小田原城の西方の石垣山に築城するように命じた。築城の前面は小田原城であり、築城の前面の大樹林をそのままに残して小田原城から視線を遮り、何万という人数で城を築き上げた。三カ月を要して城が出来上がった。城が出来上がって前面の樹林を切り倒すと忽然と城郭がそびえ立っていた。北条側とその町民は驚いた。一夜のうちに城が出来たので、「一夜城」と言い伝えられている。

小田原城の周りを豊臣軍は包囲し、北条方が一歩も外へ出られないようにした。秀吉は奇想天外のことをやり出し、人の度肝を抜く。ある時は毛利の別所宗治の主城高松城の周りに堤防を築いて、水攻めに落とし入れた。ある時は、鳥取城攻めの別名である「鳥取の飢え殺し」で、秀吉が一五七八年（天正六年）に播州三木城攻略で兵糧攻めを用いたが、それをはるかに上回る悲惨な状況を生み出した。小田原の一夜城を作り上げ、正室の北政所に手紙を出して今の小田原城を包囲している状況を伝えている。

「わしの身は露ほどの危険もない故、心配ご無用。大坂に残してきた鶴松のことのみが恋しい。在陣の大名どもにはおのおの国許から女房を呼び寄せるようにと伝え、長陣を楽しませるように下知した。わしもお前を呼びたいが大坂城を留守にしてもらうわけにもいかない。留守中のことくれぐれも頼む。淀殿をここへ呼びたい。お前に次いで、わしの気心が分かるのは淀殿だから、ようわかってもらいたい。なにとぞ頼むから」と随分北政所に気を使っている。今も昔も、女房には頭が上がらないものである。

秀吉は毎日のように歌ったり、踊ったり、酒を酌み交わして騒いでいる。秀吉はじわじわと北条を攻めたて、北条に降伏を勧めた。北条も秀吉が今まで鳥取の飢え殺しで兵糧攻めをして降伏させたことを知っている。しかし、北条もなかなか結論が出ない。結論が出ない会議を今でも「小田原評定」という。七月の中旬になると真綿で首を締め上げるように感じて来た北条氏政・氏直親子は抵抗することの無意味を悟って降伏した。小田原城に入って論功行賞を行い、徳川家康に北条氏の旧領六カ国と近江、伊勢を与えた。家康を関東に追いやり、後顧の憂いを無くすための政策であった。関東を家康の居城にすると、日本最大の平野であり、石高も他のどの地域よりも高く、徳川家康の財務状況が好転する。秀吉は後顧の憂いを取り除く為の政策が裏目に出て、秀吉の死後「万事塞翁が馬」になってくるが、この時の秀吉には知る術がない。

この年に浅野幸長は若干十四歳で小田原征伐で初陣し、岩槻城を攻めたてた。幸長の活躍ぶりが秀吉に注目され、徳川家康にさえ感心され、そのうえ砲術にかけては天下に鳴り響くようであった。この時期に前田利家の娘・与免と結ばれるが、与免はすぐに亡くなってしまった。

浅野幸長は秀吉の正室北政所の遠縁である為に、太閤殿下の死後、北政所と淀殿との確執が激しくなるにしたがって、北政所に何かと相談していくうちに、内府殿と三成との戦いが起きたならば、「左京大夫！　内府殿に力を貸しておくれ」と諭されていた。「何故なら、内府殿は私が大坂城を去ってからも何かとお気遣いされて、心配してくれております。内府殿は律儀で今までも人を裏切ったこともありません。内府殿も三成も豊臣家の家臣同士の争いであり、どちらが勝っても今の豊臣の世には変わりません」とそういわれると、幸長は豊臣家の家臣同士の争いだから、例えどう転んでも豊臣家には変化はないし、そんなに真剣に考えもしなかった。

幸長は父長政の長男として生まれ、親子ともども北政所には何かと世話になったことを父親の長政にも聞いていた。だから、北政所からの誘いには幸長の心は動かされた。なお、朝鮮に出征中に三成と共に朝鮮軍と戦った時は、石田三成は官僚派として武断派の加藤清正や福島正則や浅野幸長等と意見を異にし、何事においても、上様（太閤殿下）の意向であるとして、武断派を抑え付けようとしていた。幸長にとって三成は十六歳も年配であったが、三成の態度が横柄であったので、反感を買うことがしばしばあった。

一六一一年（慶長十六年）加藤清正や福島正則と共に二条城において、家康と豊臣秀頼との会見を実現させて、最後まで豊臣家の為に力を注いだ。関ヶ原の後徳川の世になり、このような世の激変に、自分の行動が裏目に出たことに後悔しきりであった。二条城にて秀頼と家康の会見後に亡くなる。三十八歳の短い生涯であった。会見後毒饅頭を食べさせられたという説と、朝鮮の出征中に梅毒に冒されての死であったという説があるが、朝鮮出征中に梅毒という病気にかかり死を招くというのは、あまりに時間が経ちすぎていて考えられない。このことは徳川の家臣の仕業か、偶然の出来事であるか証拠のないままで今に至っている。

北政所は加藤清正や浅野幸長等が相次いで亡くなっていることに、驚きを隠さなかった。自分が内府殿に味方するようにと勧めたが、あまりにも偶然が重なりあうことに不思議でならなかった。自分がもっとしっかりしていれば、このようなことが起こり得ることがなかったと思った。清正も幸長も正則も必死になって、豊臣家を守ろうとしていたことが痛いほどわかってきたが、このようになった現在に至ってはもうどうすることもできない。人の世は人を信用し過ぎると、何が起こり得るかわからない。自分の欲望のためには手段を選ばない世であった。関ヶ原の戦いの後、内府殿の態度が変わってきたことが北政所には理解できた。関ヶ原後、淀殿とつまらない女の確執を超越して、豊臣家を守っていくことが自分の使命であると今になって、分かってきたのである。自分で作ってきた豊臣家は何であったのかと自問自答していた。

黒田長政

黒田長政は戦国武将、軍師黒田官兵衛孝高（後の如水）の長男として一五六八年（永禄十一年）十二月三日に生まれる。幼名は松寿丸という。黒田長政は小山評定には重要な役割を果たしている。秀吉の死後、次の天下人は徳川家康になると思い、各武将を調略して、東軍（徳川方）に味方するように働きかけた。黒田官兵衛は織田信長の家臣羽柴秀吉に仕えていたが、一五七七年（天正五年）、秀吉に許しを得て、松寿丸（後の長政）を近江長浜城に預けた。織田信長に降伏した荒木村重が謀反を起こしたので、以前から懇意であった官兵衛が、荒木村重を翻意させる為に伊丹城（別名有岡城）へ乗り込み説得したが失敗し、逆に拘束され牢獄に幽閉された。

何時まで経っても、戻らぬ官兵衛を荒木村重の方に寝返ったと思った織田信長は秀吉が預かっている松寿丸を殺害するように命令した。秀吉の家臣で軍師の竹中半兵衛重治は、自分は病弱で余命幾ばくも無いので、松寿丸の件については「この私にお任せください」と秀吉に願い出た。万一、上様（信長）に分かれば、この半兵衛重治が命に代えても、お守り致します。竹中半兵衛重治の居城・菩提山城下に引き取り、信長に松寿丸を殺害したと嘘をついて報告した。その後、有岡城は陥落し官兵衛は救出され、松寿丸も無事助かった。

この件について、一番恐ろしかったのは羽柴秀吉であった。万一、その件が信長の耳に入れば秀吉の運命も終わったかに見えた。この数年後、秀吉が毛利の高松城を水攻めにして、織田信長が本能寺で明智光秀の謀反により、殺害された報が秀吉の陣に舞い込んできて、毛利軍に知らせるべきことが秀吉に遮断された。毛利方の軍師安国寺恵瓊を招き、秀吉は「今日中に和解を結べば、毛利から領土はとらない。戦いのけじめとして、城主の清水宗治の首を取る。毛利の安泰と部下五千人の命は保障する」との条件を出した。宗治は「毛利の安泰と部下の命を保障するなら、明日四日に切腹する」との約束を承諾した。その為、高松城の城主清水宗治が湖上で切腹して毛利と和解した。

秀吉は有岡城と松寿丸の生還のことについても、本能寺の変により信長の横死に際しても、本能寺の変の報が敵方毛利に知らされていれば、歴史が変わっていただろうと秀吉は思ったに違いなかった。羽柴秀吉は間一髪で危機を乗り越えられたのも、秀吉は天運に恵まれ神の加護の元に、天下人になる運命が宿っていたようである。秀吉自身の命がけの努力もあるが、部下にも恵まれていることも幸運をもたらしている。また、どんな状況に置かれても臨機応変に対応できる能力を持っている。

一五八二年（天正十年）六月に本能寺の変で信長が横死すると、長政は父親の官兵衛と共に羽柴秀吉に仕えた。一五八三年（天正十一年）の賤ヶ谷の戦いで、柴田勝家軍を攻めたて武功を上げ、武将として認められるようになった。黒田官兵衛は秀吉につかえ、数々の武功を上げたが、秀吉は官兵衛が自分と全く似ているところがあり、この男に禄を与えると何をやるかわからぬところがあり、天下を簒奪する夢を持ち合わせていることを悟られ、武功を上げた割には禄を与えられなかった。それだけ秀吉が恐れていた証拠でもある。

長政は朝鮮出征中に官僚派の石田三成や小西幸長と対立して、秀吉の死後徳川家康に接近し、家康の養女・栄姫（保科正直の娘）を正室に迎え入れた。一五九九年（慶長四年）三月に前田利家が死去すると、朝鮮出征中の出来事で、加藤清正や福島正則等の武断派（七将）と共に、石田三成を襲撃することにした。長政は三成とは年齢も近いし能力にも恵まれていたので、常に張り合ってきた。

ライバルとしての意地もあり、三成は五奉行の一人として秀吉につかえ、上様（秀吉）の意向として長政に下知をすることに耐えられなかったのであろう。三成は襲撃後、家康に佐和山城に蟄居させられ、奉行として権勢を振るえなくなったので、近いうちに挙兵して、家康と戦うと長政は読んでいた。家康は上杉景勝を討伐の為に、兵を挙げ出陣した。長政も父親官兵衛と相談して、秀吉の後は家康の世になると思い、家康についた。

長政は上杉景勝討伐の陣に参加した豊臣恩顧の大名、特に長政に年齢が近い武将を調略していった。一番先に堀尾忠氏に的を絞って調略した。堀尾忠氏は一五七八年（天正六年）、織田信長の家臣で後の豊臣家の三中老である堀尾吉晴の長男として生まれる。父親堀尾吉晴が隠居に伴い、遠江浜松十二万石を相続した。一六〇〇年（慶長五年）の関ヶ原の戦いで東軍の家康軍に組するように、山内一豊と城の提供について話し合っていた。山内一豊は誉れ高く賢妻である「千代」という女房から、太閤殿下の後は徳川家康殿が天下を取れる器量の持ち主であるとのことが頭に残っていた。

頭脳明晰で武勇に優れ、その上、美男子であったと言われていた堀尾忠氏は家康殿に味方をするような言動であったので、はっきりとした考えがなかった山内一豊は前から女房の千代からも同じようなことを聞いていた。何事においても一豊は賢妻の千代に相談し、今後の世の流れを聞いて参考にしていた。後の江戸時代の新井白石の「藩翰譜」の中に、小山評定で豊臣恩顧の大名と徳川家の武将達の中で、忠氏と親しい間柄であった山内一豊が家康に認められたい一心で居城である掛川六万石の城を献上することを、忠氏に先んじて提案した。その評定後、忠氏から「いつもの篤実で真面目な貴殿が全く似つかない行為をした」と言っていた。一豊は顔が赤くなったという逸話が今日まで伝えられている。

関ヶ原の戦いで山内一豊は何の武功も上げられなかったが、関ヶ原の戦い後家康は山内一豊に大幅加増をし、土佐藩主二十万石の大名として移封されたのである。家康は山内一豊が豊臣恩顧の大名の居並ぶ中でいち早く自分の居城を提供されたことが、何よりの武功であるとして褒め称えての加増であった。

堀尾忠氏は関ヶ原の戦い後、出雲松江二十四万石に転封加増された。忠氏は東軍側として関ヶ原前哨戦に武功を立てたが、本戦では長曾我部盛親の出撃を抑え、彼らの動きを止めていた。家康からそのことも武功であるとしての加増であった。忠氏は一六〇一年（慶長六年）に家臣の知行割や寺社に寄進を行い、一六〇二年（慶長七年）に藩内の検地をおこなった。忠氏は頭脳明晰であった為、年貢を取り立てるのに領民に公平でなければならないと思い、毛利家があまりにもずさんであった為に測量をして正確に面積を出した。毛利家が一反三六〇歩（坪）であったのに、忠氏は一反を三〇〇歩（坪）に改めて、年貢を課した。長政は親譲りの調略で豊臣恩顧の大名を懐柔して、家康の手先になって働いた。

優秀な忠氏は長政に言われなくとも、太閤殿下の後は自然と徳川家康に天下が転がり込んでくると思い、各大名は自分の欲望の為に競うように家康に馳せ参じてきた。

山内伊右衛門一豊

父は織田信長の家臣・山内盛豊であり母親は法秀尼の子として、山内一豊は尾張国葉栗郡黒田にて一五四五年（天文十四年）に生まれる。一豊の立身出世の原動力は歴史上に誉れ高い女房「千代」の内助の功のお蔭であるとされている。一五六八年（永禄十一年）頃、織田信長に仕え、木下藤吉郎（豊臣秀吉）の与力になったと伝えられている。一五七〇年（元亀元年）九月の姉川の戦いで初陣し、一五七三年八月に浅井・朝倉連合軍と織田・徳川連合軍の戦いで軍功を上げた。

この戦いで一豊の頬に浅井・朝倉軍の矢が刺さったと言われた矢を一豊の子孫が家宝としたものが、今現在では高知県安芸市の歴史民俗資料館に所蔵されている。山内一豊は秀吉に従軍して中国地方の攻略に加わり、播州三木城や鳥取城の飢え殺しや備中高松城の水攻めなどに参加している。

一五八三年（天正十一年）には織田信長の一番家老・柴田勝家と賤ヶ谷の戦いで軍功を上げた。秀吉の小田原征伐に従軍して小田原城の一夜城の築城にも力を発揮し、北条氏政・氏直親子が降伏すると遠江掛川六万石を与えられた。秀吉が亡くなると五大老の一人、徳川家康の会津の上杉景勝の討伐に従って奥州に向かい、小山評定に参加した。山内一豊は自分からしっかりとした考えがなく、他の大名から太閤殿下の後だれが天下人になるのか聞いて回っていた。

たとえば、堀尾忠氏に山内一豊は世の中がどのようになっていくかとたずねた。忠氏は三四歳も一豊より若かったが、世間を見る目が常に厳しかった。だから一豊はその意見を聞いて参考にしたかった。しかし、忠氏もまだ三成が兵を挙げてもないのに、どうこう言う立場でないので世間話で終わった。一豊はいろいろな意見を聞いて今後の生き方を決めたいと思っていた。黒田長政は奥州へ上杉討伐に従軍する過程で、一豊にこれからは内府殿の世の中になると断言していた。太閤殿下が亡くなると、内府殿は大名同士の婚姻の禁止を破ったり、大老の職として権力を振るい、誰一人として口を挟む大名がいない。ただ、三成だけが異をとなえるだけである。内府殿の力を認めているからであり、黙認することの方が自分の生きる道であると、長政は一豊に言い聞かせた。

一六〇〇年（慶長五年）、三成が上方で兵を挙げたという知らせで小山評定（下野国小山）の席上、豊臣恩顧の大名が居並ぶ中で、いち早く、自分の城・遠江掛川六万石を明け渡し、「我が城を内府殿に自由にお使いいただくように」と進言した。この案は堀尾忠氏が一豊に話したことを先んじて、言ったものであったことは前にも述べたとおりである。この提案に家康は喜び、小山評定も大名達が雪崩を打って東軍に味方をしたと伝えられている。家康と共に上杉討伐に従軍する前から、賢妻の「千代」からも今後は家康殿が天下人になると言われていた。

三成は挙兵と同時に大坂城下の一豊の屋敷に一豊の妻「千代」を人質に取ろうとしたが彼女はこれを拒否し、このような情勢を一刻も早く、夫・一豊と家康に知らせるべく手紙を書いて使者（この使者も近江生まれの者）を送った。しかし、三成が関所に見張りをつけて警護が厳しかったので、手紙を笠の紐に結び付けて持たせたと言われている。笠の緒の密書を読んだ一豊は千代からの手紙を開封せずに家康に見せた。手紙の中には西軍につき人質を差し出すよう要求する手紙と「千代」からの手紙が入っていた。私のことは心配せず、家康に味方するように書かれていたという。一豊は自分の城を明け渡し、「千代」からの手紙も開封せずに差し出したことに家康は何よりも感激したという。

関ヶ原後、家康は山内一豊が大した働きもなかったが、遠江掛川六万石から土佐二十万石の大名に入封された。家康に味方をしたことといち早く街道筋の自分の城を家康に進呈したことが大きかった。この快挙は「千代」の知恵と堀尾忠氏の一言を実行した一豊の決断が運を開かせたのである。賢妻で知られた「千代」は「内助の功」の武将の妻として、第二次世界大戦前から日本の教科書に採り入れられて、女性の見本として教育に用いられた。なお、嫁入りに持参金を以て夫が出世の為に使うようにして、この金で武士の戦闘には一番の宝ものである駿馬を買い、提供して信長の目に留まり、一豊の出世の足掛かりとした。

細川忠興

一五六三年（永禄六年）十一月十三日、室町幕府十三代将軍・足利義輝に仕え細川藤孝（幽斉）の長男として三河国額田郡細川郷（現在の愛知県岡崎市）に生まれる。父親藤孝と共に行動し、領国も継承した。細川藤孝や明智光秀等は尾張国の大名織田信長を頼って、義輝の弟・義昭を十五代将軍に擁立したが、やがて信長と義昭が対立すると、信長についた。忠興は信長の長男・信忠に仕え、忠興の「忠」は信忠から頂いた名前であるという。

一五七九年（天正七年）には信長の仲介で明智光秀の三女・玉子（洗礼後ガラシャ）と結婚をした。当時、玉子は絶世の美人であったと言われていた。忠興は人一倍嫉妬心が強く、正室の玉子と家臣や職人が話をしているのを見ると殺害したという記録が残っている。忠興の家臣は玉子との会話も随分気を使ったようであった。

一五八二年（天正十年）六月、義父の明智光秀が本能寺の変を起こし、細川藤孝・忠興親子を味方に誘ったが、藤孝はその要請を断り秀吉に味方をした。藤孝は光秀が天下人になる器にあらずとして、協力をしなかった。一番頼りにしていた細川親子に協力を断られたことが、光秀の滅亡に拍車をかけたものと思われた。忠興は正室の玉子を丹後国の味土野（現在の京丹後市野営町須川）に幽閉した。藤孝は髻を切って、名を幽斉と改め、隠居生活にはいった。

尚、光秀は大和郡山城主の筒井順慶の応援を求めたが、山崎の戦い（天王山の戦い）に様子見して、一向に参戦してこなかった。順慶には光秀はいろいろと協力をして、今の地位を得ることにも手助けをしてきた。光秀は自分が思っていたことと全く違う展開になってきたことと、秀吉が毛利軍と戦っているのに、二～三日で山崎の麓に到着していたことが信じられなかった。光秀は今、目を覚ましているのか、夢の中をさまよっているのかも定かでなかった。人は信じられなくなってきた。意気消沈して戦う気力も消失した。逃げる山中で小栗栖の林で土民に竹槍で倒され、ついに光秀は三日天下で終わりを遂げた。

一五九一年（天正十九年）八月に秀吉の嫡男・鶴松が死去した。秀次は鶴松の死後、秀吉の養子になり、十二月には関白に就任した。関白になった秀次は政務を執ったが、一五九三年（文禄二年）秀吉に実子・秀頼が生まれると秀吉から疎まれ、秀次が邪魔になってきた。秀吉が秀次を養子にして関白職を譲った後に秀頼が生まれてしまい、我が子の可愛さに秀次に後継権を与えたことが、秀次に何かの失政がないかを秀吉は家臣に実情を調査させて報告させた。石田三成から秀次は「殺生関白」と称される乱交を繰り返したことや朝鮮出兵や城普請など莫大な赤字を抱えた諸大名に対して、金蔵から多額の貸し付けを行ったということを讒言された。いろいろ諸説があるが、公金流用に関して毛利輝元や細川忠興等に貸付けたという理由で石田三成が訴えた為、秀吉が秀次に切腹するように命じた。

細川忠興は人を介しての借財であり、嫌疑をかけられたのでその窮状を徳川家康に話して、家康から借財をして解決した。忠興は「家康のご厚情は骨身にしみるほどの御恩である」と感謝した。忠興は家康の恩に報いるために、いち早く家康に加担するために他の武将にも働きかけた。忠興は父親に似ず性格がきつく、嫉妬心が強いので秀吉を恨んでいた。小山評定に参加し家康に味方した。

忠興の正室・玉子（ガラシャ）は絶世の美人であった為に、忠興は嫉妬心が強いので、戦いに従軍して家を空ける時は玉子に手紙を書き、太閤殿下は好色だから気を付けるようにとの手紙を出したとされている。そのことで秀吉には好感を持っていなかった。忠興の性格は戦国の武将の中でも、有数の冷徹さと気性の激しさを持っていたと伝えられている。忠興の激しい性格が家臣の手討ちなどに対して、動じる気配がない正室の玉子を「お前は蛇なり」と言ったところ、玉子は「鬼の女房には蛇かなり」と言い返したという。明智光秀の娘は気が強かったのであろう。しかし、忠興は父親の藤孝のように教養人で、和歌や能楽、絵画にも通じた文化人であり、「細川三斉茶書」の書物も残している。茶人の千利休に師事し、利休に見染められ、利休の七哲の一人に例えられた。

一六〇二年（慶長七年）、徳川家康から関ヶ原の論功行賞で丹後十二万石から三十四万石に国替えして大幅加増になった。以前の豊後杵築六万石はそのまま細川領とされ、豊前中津藩四十万石の大大名になった。一六一五年（慶長二十年）の大坂夏の陣に参戦した。一六二〇年（元和六年）、三男の忠利に家督を譲って隠居した。その後、出家して三斉宗立と号し、以後は悠悠自適の生活を営んだ。一六三二年（寛永九年）忠利が豊前小倉藩四十万石から肥後熊本藩五十四万石の領主として、加増・移封された。細川熊本藩は幕末まで続いた。

藤堂高虎

藤堂高虎は一五五六年（弘治二年）二月十六日に近江国藤堂村（現在の滋賀県犬上郡甲

良町）に父親虎高、母親とらの子として生まれた。子供のころから身体が大きかった。藤堂家は近江の小領主であったが、浅井長政の足軽として仕え、浅井氏が織田信長に姉川の戦いで滅ぼされると主君を変えたが長続きしなかった。このように仕官先を転々として流浪生活していたようである。一五七六年（天正四年）信長の武将・羽柴秀吉の弟・秀長（豊臣秀長）に三百石で仕えた。秀長の元では中国攻めや柴田勝家との賤ヶ谷の戦いに従軍した。賤ヶ谷の戦いで佐久間盛政を敗走させ戦勝の糸口を開き、抜群の戦功を上げた。

一五八六年（天正十四年）、関白になった豊臣秀吉は、拝謁の為に上洛することになった徳川家康の館を聚楽第の邸内に作るよう弟の秀長に指示、秀長は旗下の城つくりや建築に明るい藤堂高虎に命令した。高虎はその設計図を見て、警備上に弱点があるとして設計図を変更し、費用は自分で負担した。家康が聚楽第に赴き家康と会見した時、設計図と違う点を聞かれると「天下の武将である内府殿に不行き届きがあれば、主人である秀長公の不行き届きになり、関白秀吉様の面目にかかわり、私の一存で変更いたしました。ご不興であれば、ご容赦なくこの私めを成敗してください」と言ったという。家康は高虎の命を懸けた気遣いに感じ入ったと伝えられている。

一五九一年（天正十九年）豊臣秀長が死去すると豊臣秀保に仕え、秀保が早世したため出家して高野山に上ったが、秀吉が高虎の才能を高く評価して召喚した。伊予国板島（現在の宇和島市）七万石の大名になった。一五九八年（慶長三年）八月の秀吉の死後、徳川家康に急接近を図る。高虎は豊臣恩顧の大名の中でも抜群の嗅覚を持ち、次なる天下人は徳川家康であると思い、豊臣恩顧の大名に先駆けて家康の味方に付くことを鮮明にしていった。藤堂高虎は豊臣家が武断派と官僚派に分かれて、三成憎しとのことで相争っているが、家康が天下を狙っていることが肌身に分かっていた。

藤堂高虎は一六〇〇年（慶長五年）上杉景勝に謀反の疑いがあることを聞きつけ、大坂にいる家康に拝謁しその対応を密談した。一六〇〇年七月中旬に江戸を経ち、七月二十二日に現在の那須塩原市に着き家康の知らせを待った。七月二十四日に奥州の途上の小山で石田三成挙兵の連絡の報を受け、家康からの命で二十五日に高虎は家康のいる小山に参集した。小山評定の軍議で家康は高虎が自分に味方をすると読んでいたから、あまり心配がなかった。嗅覚の鋭い高虎は三成も幼君秀頼様の御為と称していたが、家康も秀頼様の御為と称して、豊臣家の家臣同士の戦いで、どう転んでも自分達の行く末にはあまり心配がなかったのではあるまいか。

藤堂高虎という人物は逸話が多い人物である。先ず、変わり身の早さは抜群であり、天下の主にいつも付きまとい、自分の行く末の安全弁を握っていた。高虎は流浪の身で厳しい世の中を渡り、旅慣れした処世術を心得ていたのかもしれない。高虎は八度も主君を変えた苦労人と称される為、人情に厚く、家臣を持つことにあまり執着せず、辞職する者が出ると食事を振る舞い、「行く先がもしも思わしくなければ、いつでもわしのところに帰ってくるがよいぞ」と少しも意に返さなかったという。

その者が新たな仕官先で失敗して帰参すると、元の所領を与えて帰参を許したという（江村専斉「老人雑話」）。辞めた家臣を元に戻す高虎の行為に別の家臣が文句をいうと「家臣を使うのは禄だけではない。禄を貰って当然と思っている。人には情けを掛けなければならない。そうすれば、君主に意気を感じ、命を捨てて恩に報いようとするものだ。情を以て接しなければ、禄を無駄に捨てるようなものだ」と家臣を諭したという。

高虎は何人も主君を変えたことから、変節漢とか走狗と言われて歴史小説において、高虎を称賛するものが少ない。藤堂高虎は毀誉褒貶の武将で、見方を変えれば良くも悪くもなり、高虎の行動に警戒する主君が多かったことが伝えられていた。一六一六年（元和二年）徳川家康が余命幾ばくもない中で、高虎を呼び、「貴殿とも長い付き合いで、貴殿の働きを感謝している。心残りは、宗派の違う貴殿とは来世では会うことが出来ぬことだ」と言った。

その家康の言葉に高虎は「何を申されます。この私は来世も変わらず大御所様に御奉公する所存でございます」と言って返答した。高虎は家康の側近の天海和尚（天台宗）に、高虎の宗派日蓮宗から天台宗へと改宗するための儀式を執り行わせ「寒松院」という法名をえて、家康に「これで来世も大御所様に御奉公することが出来ます」言い、家康の前で涙を見せたと伝えられている。この天海和尚も下野国宇都宮の粉河寺に師事し天台宗を学び近江国の延暦寺などで修行し学びを深めたと言われている。天海和尚は長生きをした人物としても知られている。彼は粗食をすることが長生きの秘訣で、当時百六歳まで生きたとの記録もある。

藤堂藩は幕末まで続き、鳥羽伏見の戦いで藤堂藩は彦根藩と共に官軍を迎え撃ったが、幕府軍の劣勢と見ると官軍に寝返り、幕府軍に砲撃を開始した。その為に幕府軍から「藤堂高虎藩は藩祖の教えが三百年も続いても変わらずや。血筋は争えぬ」と皮肉られた。このことが今の世になっても悪く伝えられる元になっている。藤堂高虎は武勇だけでなく内政手腕や文学や茶の湯をたしなむ文化人でもあった。その上、築城の名人と言われ、宇和島城・今治城・伊賀上野城など堅固な城を作ったという。高虎は六尺を超える大男で、身体はキズやアザだらけ、右手の中指も短く、爪がなかったと伝えられている。左足の親指も爪がなく、身体がボロボロであったのは戦場を命がけで生きて来た証拠である。

加藤嘉明

一五六三年（永禄六年）加藤教明の長男として、三河国藩豆郡永良郷で生まれる。生まれた年に父親が一向一揆に組して徳川家康に背き、敗れて流浪の身となり、嘉明も放浪した。放浪後、近江国で父教明は長浜城主羽柴秀吉に仕え、八嶋郷に住み、幼少ながら優れた資質があるということで、秀吉に推挙された。秀吉は養子羽柴秀勝（織田信長四男）の小姓として、嘉明を仕えさせた。一五七六年（天正四年）秀吉の播磨攻めに嘉明が秀勝には内緒で従軍し、初陣前の主君を差し置いて、小姓が初陣を遂げようとするとは何事かと寧々（北政所）に厳しく叱責され、嘉明は「無頼の者」として、すぐに家に帰せと言ってきたが、その意欲を高く評価した秀吉に陣中に留め置かれた。一五八三年（天正十一年）本能寺の変で織田信長が倒れると、中国大返しで戻った秀吉の軍に、山崎の戦い（天王山の戦い）で嘉明も加わった。さらに、織田信長の筆頭家老の柴田勝家との間で行われた賤ヶ谷の戦いでは福島正則や加藤清正等と共に活躍した。賤ヶ谷七本槍の一人に数えられた。

秀吉の死後、加藤嘉明は武断派として五奉行の石田三成の官僚派と対立し、前田利家が亡くなると加藤清正や福島正則等の七将は三成殺害を企て、徳川家康により三成を佐和山城に蟄居させた。この件にしても、三成はどの武断派の誰からも反発されて憎まれていたことが何よりの証拠であった。三成は官僚としては能力もあったが、彼らとうまく歩調をとって指揮する能力に欠けていたように思われる。上様（秀吉）の力を背景に権力を維持してきたことが、大きな原因であった。

大老である徳川家康に従って一六〇〇年（慶長五年）、会津の上杉景勝の謀反を理由に討伐に従軍した。小山評定に参加した武将である。関ヶ原の前哨戦である岐阜城城主・織田秀信（幼名三法師・織田信長の嫡男信忠の嫡男）は織田信長の孫にあたり、西軍に組したので岐阜城の攻略について白熱した議論になり、加藤嘉明は戦場をよく観察して冷静に分析した。「岐阜城の織田秀信は守りを十分固めておらず、一気に攻めることが一番かと思われる」と軍議に先立ち池田輝政や福島正則や指揮を執っている井伊直正に進言した。嘉明の言うとおりに攻め寄せた池田輝政や福島正則によって、東軍はほとんど兵を損傷せずに岐阜城を陥落せしめた為、嘉明の作戦能力の高さに舌を巻いたという（真田増誉の『明良洪範』）。

関ヶ原の戦い後その功績により、加藤嘉明も藤堂高虎も共に伊予で各々二十万石の大名になった。藤堂高虎と領地も接しているので、何かにつけて争いが起きていがみあい、仲が良くなかった。嘉明は河川改修をして、家康の許可を取って勝山城（後の松山城）を築城し城下町の整備もした。現在、嘉明の功績のお蔭で四国最大の都市・松山市は人口五十万人を超えて繁栄しているのはこの時の整備によるところが大である。

加藤嘉明と藤堂高虎は関ヶ原の戦いでお互い功を競い合い、そのもとで不和が生じたという。高虎の領地は今治藩、嘉明の領地は伊予松山藩と隣接していたのである。ある時、徳川幕府は会津藩主の蒲生氏が嗣子がなく改易する時、将軍徳川秀忠は高虎に東北要衝の地である会津を守護させようとした。しかし、高虎は「私は老齢で東北の遠方の守りなどとてもできません」として辞退した。秀忠は「では誰が東北の要衝の要に一番適していると思うか？」と尋ねた。

高虎は「伊予の加藤嘉明殿が良いと思います」。すると秀忠は「そちは嘉明殿と不仲であったのであろう」。秀忠は不思議に思った。当時の嘉明は伊予二十万石の大名で高虎は三十万石の大名であり、嘉明の移封が叶えば高虎より上の大名になる。しかし、高虎は「遺恨は私事でございましょう。国家の大事に私事など無用でございます。捨てなければなりません」と答え、将軍秀忠も高虎の一面を見たようで見方を変えたとも言われている。高虎の一言で加藤嘉明は会津藩に移封されて、四十三万石の大名になったという。その後この事実を聞いた嘉明は感謝して、今までのことは水に流してそれ以後は「水魚の交わり」の如くになったという（『高山公言行録』）。

嘉明は「真の勇士とは責任感が強く律儀な人間である」、もし力がなくても団結力と連携を生かせれば恐るべき力を発揮するから、弱者は弱者らしく、強者は強者らしく、勇気をもって生きることを説いたと言われている。逆に豪傑肌の人間は「勝っている時は調子が良く、危機には平気で仲間を見捨てるのものである」と厳しい戦国の世を生き抜いた知恵でもある。

蜂須賀至鎮《はちすかよししげ》

蜂須賀家は読者の皆さんも子供のころ読んだ豊臣秀吉の伝記で登場する蜂須賀正勝（別名小六）との矢作橋の出会いや、墨俣の一夜城の逸話で有名であり、盗賊の頭であったと記憶している。出会いの時は秀吉が小六に仕え、秀吉が出世街道を上りながらいつしか秀吉の家臣になり、軍事や外交政策に手腕を発揮し秀吉の天下取りを支えた。一五八二年（天正十年）、信長が本能寺で横死して秀吉は柴田勝家を倒し、事実上天下人へと上り詰める段階の四国攻めで軍功を上げ、病気を理由に正勝は嫡男の家政に家督を譲り、阿波国十七万石が与えられた。

家政も父親同様に、九州攻めや小田原城攻めや朝鮮出征に従い秀吉の武将として大いに活躍した。蜂須賀至鎮は一五八六年（天正十四年）一月二日に家政の嫡男として徳島城に生まれ、一五九九年（慶長四年）徳川家康の養女氏姫と婚約した。この婚約は秀吉が亡くなると生前の誓紙を取った約束事を家康が破って勧め、福島正則が媒酌人になった。家康は奥州の覇王伊達政宗や福島正則とも婚姻関係を結んでいる。家康は豊臣恩顧の大名と婚姻関係を結んで将来の布石を着々と強化して、蜂須賀家との関係も四国の勢力が西軍に強いことでくさびを打ち、強化を図る目的であった。

加藤清正や福島正則や黒田長政等の七将が三成襲撃の時も、蜂須賀家政は参加していた。また朝鮮出征中に黒田長政と家政が三成によって、秀吉に讒言されたことにより咎めを受け帰国を余儀なくされ、蟄居させられた。これにより三成との反目は激しくなった。三成が挙兵し全国の諸大名に動員をかけた時、家政は豊臣秀吉に恩があるため家臣の一部を西軍に味方させたが、嫡男の至鎮は十四歳であり、家康が義父に当たるため東軍に従軍した。家政は東軍と西軍のどちらが勝っても、蜂須賀家が残るように二股をかけたと思われる。豊臣家には深く恩を感じ、家政は反三成、東軍支持の立場を貫いた。

関ヶ原の戦いで東軍の勝利になり、関ヶ原後、蜂須賀至鎮は阿波の国を与えられた。家政は嫡男至鎮を会津の上杉討伐に従軍させ、家臣を西軍に味方させ、家政は所領を返上して隠居した。家政の一連の取り組みが巧妙であったため、奥州の覇王・伊達政宗は家政のことを「阿波の古狸」と言ったのは無理もなかった。家政の嫡男至鎮は勉学を愛し、書を読み、藩の事業に尽力し、藩政の基となる藍の生産を始め吉野川の治水事業と塩田開発を率先して行った。

至鎮は身体が病弱であったが、関ヶ原の戦いに消極的だった父・家政に家康に味方するように進言した。自分の正室は家康の養女であっただけでなく、秀吉の後は家康の時代が訪れることを見通していた。一六一五年（慶長二十年）一月に松平姓の家名を将軍家よりうけ賜り、淡路国も加増され二十五万石の大名になった。

生駒一正

一五五五年（弘治元年）織田信長の家臣・生駒親正の長男として美濃国土田村（現在の岐阜県可児市）に生まれる。生駒親正は織田信長の紀伊雑賀攻めに参加し、信長の死後、秀吉の武将として山崎の戦い（天王山の戦い）や賤ヶ谷の戦いや小牧・長久手の戦いに、秀吉が天下人になる為に従軍している。一正は弁舌さわやかでなく、吃音がひどく、人と話すことが苦手だったらしい。はたから見れば愚鈍にみえたが、軍を率いる号令は厳粛で、家臣に法を犯すものがいなかったという。

一正の父親・親正が一五八七年（天正十五年）豊臣秀吉から讃岐国を与えられ大名となる。生駒家は高松市に築城をして、現在は香川県の県庁所在地として発展している。徳川家康の上杉景勝討伐に一正も従軍し、小山評定に参加した。評定に福島正則や黒田長政等の豊臣恩顧の大名が挙って家康（東軍）に味方をしたので、その流れで家康に味方をしたと思われる。父親・生駒親正は西軍に味方をして、東軍の細川幽斉の丹後田辺城を攻めた。関ヶ原後、親正は高野山に上り謹慎した。その為に一正は父親の助命を家康に嘆願したとされた。その後、一正は讃岐国の当主になった。父・親正が西軍に味方したので、徳川家に忠誠を誓うため、妻子を江戸に移している。徳川家康が信頼している藤堂高虎との縁戚関係を作り上げている。高虎は隣接藩であり、何事も高虎に相談している。

中村一忠

中村一氏は一五九〇年（天正十八年）駿河国の十四万石の大名になり、その時に一忠は長男として生まれた。一六〇〇年（慶長五年）に一氏の病死により十歳の若さで当主になった。一忠は激動の時代に生まれ、関ヶ原の戦いの前、徳川家康が会津の上杉景勝討伐の途中で駿河に立ち寄った。家康は三成の挙兵が間もなくであることを見越して、病気見舞いと称して一氏に面会したと思われる。家康も備えあれば憂いなしとのことで、一氏に懇願したと思われる。

中村一氏は秀吉の死後、豊臣恩顧の大名が二派に分かれて、豊臣家の三中老である一氏は嫡男一忠の将来と中村家の存続の為、家臣の意見を参考に家康との面会で東軍に味方をすることに決定した。しかし、重病にかかっていた一氏は関ヶ原の戦いの前、一六〇〇年（慶長五年）七月十七日に亡くなった。関ヶ原の戦い後、一六〇〇年（慶長五年）十一月に一氏との約束を守り、家康は十一歳の一忠に伯耆《ほうき》一国を与え米子十七万石に移封した。その上、一忠は伯耆守に任じられ国持大名になった。

幼少の一忠に叔父の横田村詮を家老にして、藩政に携わり、城下町の米子の建設に尽力した。この家老の横田村詮の手腕を妬み、出世を目論む一忠の側近安井某と天野某は村詮の排除を計画し、一忠がまだ十一歳という判断能力がないことに甘言を弄して惑わせた。一六〇三年（慶長八年）十一月十四日に一忠は正室との慶事にかこつけて、村詮に責めを負わせて謀殺した。一忠は隣国の出雲松江藩主堀尾吉晴の助けを求めて鎮圧した。

筒井定次

一五六二年（永禄五年）五月五日に筒井定次は筒井順国の次男として生まれる。甥の筒江順慶に子がなかったため、順慶の養嗣子となった。織田信長の死後、豊臣秀吉の家臣になり、順慶の死により家督を相続した。一五八四年（天正十二年）秀吉と家康の小牧長久手の戦いに従軍し、奮戦して秀吉に戦功を称えられ、右近大夫に叙任された。一五八五年（天正十三年）秀吉の紀州征伐で堀秀正と共に千石堀城を攻めた。（『絵本太閤記』）。にこの城攻めで二尺七寸の太刀を振りかざし奮戦する定次の姿が描かれている。筒井軍は奮戦したがその分、兵の損害が大きかったと『多門院日記』に書かれている。

一五八五年（天正十三年）、秀吉は小牧長久手の戦い・紀州征伐・四国攻めなどで着々と地歩を固め、天下統一へと向け、領国内の大規模な国替えを行い、近畿内について近親の大名で固める政策を実施した。この国替えで大和には秀吉の弟羽柴秀長をすえ、代わって筒井定次は大和から伊賀上野に移封されたのである。定次の伊賀上野への移封は秀吉が関東（家康）に対しての備えとしての役割を持つ街道の要所であり、そのような重要な土地に定次を配置したことは、秀吉が筒井定次を評価し信頼をしていた証拠と考えられる。

定次は伊賀上野に移封後、築城をした。この時秀吉から羽柴姓を名乗ることを許され、従五位下伊賀守に任命された。徳川家康の会津の上杉景勝討伐に従軍し、小山評定に参加し東軍に組した。一六〇〇年（慶長五年）の関ヶ原の戦い後、所領を安堵された。筒井定次はキリシタン大名であり、伊賀上野という大坂近郊の要所を支配していたことが危険視され、徳川幕府による言いがかりの改易ではないかと言われていた。一六一五年（慶長二十年）三月五日、大坂冬の陣で豊臣家に内通したという理由で定次の嫡男・順定と共に自害を命じられた。『伊陽安民記』『翁物語』には大坂冬の陣に城中から放たれた矢の一つに筒井家で使われた矢があり、それが証拠となり自害させられたと記されている。

京極高知

近江守護の名門京極高吉の次男として一五七二年（元亀三年）に生まれる。豊臣秀吉に仕え、その功により羽柴姓を許されて羽柴伊奈侍従と称す。一五九三年（文禄二年）義父毛利秀頼の遺領を（秀頼の嫡男秀明を差し置いて）任され、信濃飯田城主として六万石を領し、従四位下侍従に任じられた。領内にキリスト教の布教を許可し、高知もキリシタンになっている。秀吉の死後、徳川家康に接近し上杉景勝討伐に加わり、小山評定に参加した。

京極高知は福島正則や黒田長政等と共に、岐阜城の城主織田秀信（幼名三法師）を攻め、奮戦し関ヶ原の戦いにも従軍した。関ヶ原の戦いで西軍の大谷吉継と戦い戦功を上げ、戦後は丹後十二万石を与えられ国持大名になった。その際高知は家康から近江国（滋賀県）と越前（福井県）か丹後国か、どれか望みの地を与えると言われ、丹後を選んだという（『寛政重修諸家譜』）。高知が丹後を選んだ理由は室町幕府の管領を勤めた四職家の一つである一色氏の所領であったからと言われている。

森　忠政

森忠政は一五七〇年（永禄十三年）森可成《よしなり》の六男として生まれる。本能寺の変から二年後、一五八四年（天正十二年）可成の家督を継ぎ豊臣秀吉に属していた森長可《ながよし》は、徳川家康と小牧長久手の戦いで討ち死にした。長可の死後、十五歳の忠政は秀吉から家督の相続を認められ、金山七万石を与えられた。この年、従三位権大納言に叙せられ異例の昇進を遂げていく。その裏付けとして毛利家との和睦、紀伊雑賀一揆の討伐と四国の長曾我部の討伐により、秀吉が天下人へと歩んでいった。森家の当主になった忠政は一五八五年（天正十三年）八月秀吉によって佐々成政の討伐が行われ、初陣を飾った。

一五八七年（天正十五年）、家康が臣下の礼をして和睦をし、後顧の憂いを無くした秀吉は、九州の島津義久を討つために大坂を出発した。秀吉の九州攻めでは忠政は病気の為出陣できなかった。五月に九州は秀吉の勢力下になった。一六〇〇年（慶長五年）、信濃国川中島十三万石への加増転封に森忠政はなり、家康の指図であったがこの件は豊臣の蔵入地約九万石を廃止しての加増転封であった。この時、川中島四万石の田丸直昌と相互に入れ替わる形で領土換えが行われた。

この転封は後ほど家康の独断と言われているが、転封前に増田長盛・前田玄以・長束正家等が信濃入りして田丸直昌に森家への蔵米の譲渡を支持しており、豊臣家公認上での転封であると思われる。四月ごろになり石田三成は森忠政が大坂方（西軍）に参陣するように促した。忠政は豊臣家の家臣の体を取っていたが、森家が川中島に転封加増したことを、三成が讒言をしたことに腹を立てたので三成の意向に従わず、それ以後、家康支持の立場を明確なものにしていった。一六〇三年（慶長八年）、小早川秀秋が死んだが、小早川家に嗣子がなく、改易されると美作一国十八万石（津山藩）へ転封加増された。

富田信高

富田一白の長男として近江国安濃津郡（滋賀県）に長男として生まれた。生誕は不詳である。一白は豊臣秀吉に仕えた為、信高も秀吉に仕えた。一五九五年（文禄四年）七月十五日、秀吉より父親一白に三万石、信高に二万石が与えられ、親子合わせて五万石の伊勢津の領主になった。一六〇〇年（慶長五年）、信高は三百名の家臣を連れて徳川家康の上杉景勝討伐に従軍した。他の武将と共に関ヶ原の戦いは家康に味方をすることになった。下野国小山評定から家臣を連れて急ぎ安濃津に戻った。富田家は石田三成と同じ近江であったが、三成は横柄者であり父・一白や信高と不和だったため、家康の東軍に組みしたと思われる。

西軍（三成の兵）は伊賀方面から東に進出しつつあることがわかっているので、安濃津は交通の要所で必ず西軍の攻撃にさらされることが予測された。東軍に加担した盟友・分部光嘉（伊勢上野城）は安濃津の信高に合流して、共に西軍に当たることになった。さらに古田重勝（松坂城主）にも援軍を要請したが、西軍に組みした九鬼嘉隆が海上を封鎖したため、徳川家康と連絡網断絶を余儀なくされた。信高、光嘉、さらに重勝の援軍を加えても、安濃津城に籠城する東軍はわずか千七百人という劣勢であった。それに引き換え、西軍の毛利秀元、長束正家、安国寺恵瓊、鍋島勝茂等の西軍の兵力は総数三万人を下らない。

八月二十四日、安濃津城の攻防戦がはじまった。光嘉は毛利家と双方重傷を負うほど奮闘し、信高も自ら槍を振るって戦ったが、群がる西軍の敵兵に囲まれたところへ一人の若武者が救援に駆けつけ、危機一髪で命を取り留めた。「美にして武なり、事急なるを聞き、単騎にしていず、……ついに信高を扶く……」（逸話）とあるこの若武者は信高の妻であった。信高、光嘉等は健闘したものの、これ以上戦いを継続するのは困難であり、西軍と和平交渉が成立した。

寺沢広高

寺沢広高は尾張国羽栗郡（現在の愛知県北西郡）、一五六三年（永禄六年）に父・広政の子として生まれる。広政と共に豊臣秀吉に仕えた。一五九二年（文禄元年）からの朝鮮出兵に際して、肥前名護屋城の普請を勤め、出征諸将や九州大名への取次を担当し、長崎奉行にまで出世した。一五九四年にキリシタンに改宗したが、一五九七年の日本二十六聖人処刑を契機に棄教した。貿易統制から朝鮮に出兵した日本軍の補給や兵力輸送の任務を司った。小西行長と共に武断派（加藤清正や福島正則等）から憎まれた。

秀吉の死後、徳川家康に近づき、一六〇〇年（慶長五年）の関ヶ原の戦いで家康（東軍）に味方をした。一五九九年（慶長四年）に島津家内部で起こった反乱事件の際、徳川家康が寺沢広高を乱平定の使者として派遣し（『島津家文書』）、和睦調停にも携わるなど（『寛永諸家系図伝』）、家康との接点があったことが分かる。一六〇〇年（慶長五年）会津の上杉景勝討伐にも広高は出陣し、小山評定にも参加している。徳川幕府はキリスト教の弾圧を強めていったので、一六一四年の禁教令以後厳しく棄教を迫るようになり、晩年には拷問の手法を取るようになった。

寺沢広高は若いころ、親友の安田国継と立身出世を夢見て、どちらかが国主になったら一方は十分の一の禄を以て家臣にしようと約束した。広高は羽柴秀吉に、国継は明智光秀に仕え、光秀が本能寺の変を起こして織田信長を殺し、国継はそれ以後人生を転落していった。広高は順調に出世し八万石の国主になり、約束通り十分の一の八千石で召し抱え、約束を果たしたという逸話がある。なお、寺沢広高は行動的な人物であり、「下に命令するところを、自ら先に立って行うことを善しとす。身を以て教えれば、口でとやかく言うよりも下僕はよく従うものだ」と語っている。エピソードの多い人物である。

田中吉政

田中吉政は一五四八年（天文十七年）、近江国浅井郡三川村（現在の滋賀県長浜市虎姫町）で生まれる。父親は重政といい織田信長に仕えた。吉政は三川村に住む農民であったという説がある。その根拠は浅井郡の住人に限られる竹生島の行事・蓮華会の頭人を柳川藩主となっていた吉政が担ったという記録があるからである。三川村には田中吉政の出生伝承が残っている。吉政は宮部村の国人領主である宮部継潤に仕えた記録がある。

吉政は一五八二年（天正十年）、豊臣秀吉の甥・羽柴秀次（後の豊臣秀次）の宿老となった。一五八五年（天正十三年）に秀次が近江八幡四十三万石を与えられると、吉政はその筆頭家老となった。この時、秀次付の家老格となった中村一氏、堀尾吉晴、山内一豊、一柳直末等はそれぞれ居城を持ったが、吉政は秀次の居城・八幡山城にあって、関白殿一老として政務を執り仕切った。この時代の吉政の書状は多く残っている。

一五九〇年（天正十八年）、豊臣秀吉は関東の北条氏を破り、諸大名の大幅な配置換えを行った。徳川家康は関東に転封された。織田信雄は下野国烏山二万石に減封された。その為、尾張国には豊臣秀次が入った。小田原征伐でも秀次軍として活躍した吉政は三河国岡崎城五万七千石の所領を与えられた。一五九五年（文禄四年）秀次事件が起こり、秀次は自害させられた。秀次の家臣は十名ほど処分された。しかし、宿老であった吉政はお咎めなしだった。秀吉は「秀次によく諫言をした」ということで一五九六年（文禄五年）、三河国岡崎城主十万石の大名になった。

吉政は岡崎城を近世城郭に整備した。岡崎城下の町割りには七つの町を堀で囲む田中堀を築城した。西側の低湿地の埋め立ても行っている。秀吉の死後徳川家康に接近し、一六〇〇年（慶長五年）会津の上杉景勝討伐の為に徳川家康に吉政は従軍した。小山評定後、吉政は西上したようである。八月に関ヶ原の前哨戦となる岐阜城（織田秀信幼名三法師）攻めに参加した。関ヶ原の戦いで石田三成の配下の杉江勘兵衛は、吉政の家臣である辻重勝に討ち取られ戦死している。その為、三成は戦意を喪失したという記述がある。

　東軍勝利後、三成の居城・佐和山城を宮部長熙と共に搦め手から突入して落城させるとともに、伊吹山中で逃亡中の石田三成を捕縛する大功を上げた。実際に捕縛に当たったのは、田中伝佐衛門・沢田少右衛門である。三成は腹痛で病んでいたが、医者の勧める薬は拒否したため、吉政は熟慮の上健康に良いという理由を付けて、ニラ粥を勧めたので三成はそれを食したと言われている。吉政に会った三成は太閤殿下から賜った脇差を吉政に授けた。手厚くもてなされたお礼であると言われている。三成も捕縛される時、「他の者よりはお前に捕らえられた方がいい」という旨の発言をしたという。関ヶ原後これらの軍功が認められて、筑後一国柳川城三十二万石を与えられ国持大名になった。

池田輝政

池田輝政は一五六四年（永禄七年）十二月二十九日、織田信長の重臣・池田恒興の次男として尾張国清州（現在の愛知県清須市）に生まれた。父・池田恒興と共に信長に仕え、輝政は信長の側近として仕えた。荒木村重が謀反を起こした有岡城の攻撃で軍功を上げた。一五八二年（天正十年）六月二日、本能寺の変で信長が明智光秀に殺されると、羽柴秀吉（後の豊臣秀吉）に仕え、同年十月十五日秀吉が京都大徳寺で信長の葬儀を催すと、輝政は羽柴秀勝と共に信長の死骸が見つからなかったので、信長の遺体に見立てた木像を乗せた輿を担ぐという役を演じて棺を担いだ。

一五八三年（天正十一年）、池田恒興が美濃大垣城主となると、自らは池尻城主となった。その翌年、徳川家康・織田信雄連合軍と小牧長久手の戦いで、父・恒興と兄の元助が討死したため家督を相続し、美濃大垣城主十三万石になった。一五九四年（文禄三年）、秀吉は徳川家康との融和を勧め、豊臣家の安泰を図るため、家康の次女・督姫と婚約し、忠継、忠雄等をもうけた。輝政は家康の娘婿となり、関ヶ原の戦いで東軍に味方した。秀吉の意向を受けて家康と婚姻を結び、豊臣家の安泰を図る目的であったが、小牧・長久手の戦いで、父・恒興と兄・元助が討死させられたことは「人間万事塞翁が馬」であった。

秀吉の死後、輝政は急速に家康に接近し石田三成等の官僚派との確執が起こった。大老の前田利家が亡くなると武断派の加藤清正、福島正則、浅野幸長、黒田長政、加藤嘉明、細川忠興等と三成襲撃事件を起こした。一六〇〇年（慶長五年）、会津の上杉景勝討伐の為に家康は大坂城を出陣した。輝政は義父である家康に従軍した。小山評定に参加して福島正則等と共に西上し先鋒を務めた。七月二十五日小山評定後、八月十四日に正則の居城・清州城に集結した。いまだに家康は江戸に留まって何の連絡もないのに正則は激怒して、「家康は我々を捨石にする気か?」と輝政に食って掛かった。輝政は反論して家康を弁護したと言われている。家康にすれば、豊臣恩顧の大名が本当に自分に味方をするのかを見計らっていたものと受け止められた。または、上杉の動向を見据えていたものと思われる。

輝政と正則は関ヶ原の戦いで、終始先陣争いで同志たちで険悪な関係を作り出していた。それでも家康が動く気配がなかった。家康という人物は豊臣恩顧の大名の動向に最大気を使っていた。万一敗れることがあった場合は家康自身も徳川家さえ、すべてが水泡と化することを見越していたものと思われる。そのことに確証を得て動いても遅くはないと判断したに違いない。結局家康の到着を待たずに、西軍の織田秀信（幼名・三法師）の岐阜城攻略で戦功を正則と共に上げた。関ヶ原の戦い後、論功行賞により輝政は三河吉田城十五万石から播磨姫路城五十二万石に大幅加増転封された。姫路城はかつて秀吉の居城であったが時代が大きく変わり、徳川家と縁戚関係の為池田輝政の経済力と格式に相応した城にした。

今までの城郭と比べられないほどの広さを誇り、姫路城は石積の高さといい、そびえたつ白亜の天守閣は別名白鷺城として、今日までその雄姿を残し、世界遺産としての日本の宝である。池田輝政はあまりこだわらない性格で、家康から命じられた岐阜城攻めで福島正則と激しい功名争いをしたが、実際には一番乗りの手柄を上げたにも関わらず、あっさり功を譲って同時に城を落としたことにしたと伝えている。徳川家康との逸話を紹介したい。

家康の娘・督姫を娶った際に家康の住まいである伏見の屋敷を訪れた輝政は、小牧・長久手の戦いで父親・恒興を討った永井直勝を呼び出し、その最後を語らせた。直勝は五千石の身上だと知ると輝政は不機嫌になり「父上の首はたったの五千石か」と溜息をついたという。この話を聞いた家康は直勝へ加増をしたという。直勝は一万石になった。のち永井家はその後七万二千石を拝領することになった。督姫の侍女が「当家が繁栄したのは督姫のお蔭である」と言っていることを聞いた輝政はその侍女を呼びつけ、「自分の出世には多分に妻の七光りによるところが大きいのは理解している。しかし、それを聞いて彼女が付けあがり、夫婦仲が悪くなっても困るから、妻の前ではそういうことを言うのはやめてほしい」と言った。昔も今も人の心は変わらないものである。

仙谷秀久（千石秀久）

仙石秀久は美濃国加茂郡黒岩（現在の岐阜県加茂郡坂祝町）に仙石久盛の四男として一五五二年（天文二十一年）一月二十六日に生まれた。四男であった秀久は家督を引き継ぐことはできなかったが、越前国の豪族・萩原伊予守国満へ養子として引き取られている。しかし、織田信長と斎藤竜興が対峙する中で、長男、次男、三男が相次いで倒れたので、呼び戻されて、父・久盛から家督を譲られた。信長は秀久の勇壮な風貌を気に入り、木下藤吉郎の与力にした。

一五七〇年（元亀元年）の姉川の戦いで、浅井長政軍戦での功績により信長から近江野州郡に千石を与えられた。名実ともに「千石」の領主になった。一五八二年（天正十年）信長が本能寺の変で横死し、この次の世は羽柴秀吉の時代が到来するとみて秀吉に接近していった。一五八三年（天正十一年）、柴田勝家との賤ヶ谷の戦いで武功を認められ、淡路・洲本城五万石の大名になった。

仙石秀久は戸次川《へつぎかわ》の戦いで、秀吉の命令を無視して秀吉軍の敗北の元をなした為、領地を没収されて流浪の身になり、耐え忍び仙石家の再興の機会をじっと待っていた。豊臣秀吉は小田原城の北条家が上洛しないことに激怒して、小田原攻めにふみきった。そのことを知った秀久は大老の家康の口添えをもらい、陣借りという形で出陣した。秀久は紺地に「無」の旗を立て、鈴を陣羽織一面に縫いつけるという際だたしい恰好で合戦に参加したという逸話が残されている。今までの失策の挽回の為、自分の手柄をアピールするためであると考えられる。そして小田原城の虎口を占領するという抜群の武功を上げた。現在箱根にある地名「仙石原」は秀久の武勇に由来するという伝承が存在している。

秀吉は秀久を呼び、「長い間、流浪の生活をし、以前の忠節を忘れずに、参戦に加わり、他の将諸を驚かすほどの働きをした」としてこれまでの罪を許し、秀吉が使っていた「金の団扇《うちわ》」を与えられた。この場面は「道樹・宗智兩祖出陣之図」（上田市立博物館所蔵）

に描かれており、「金の団扇《うちわ》」も現存している。秀吉の許しのお蔭で秀久は旧領の半分に相当する信濃・小諸五万石を与えられ、大名として豊臣家臣に復帰した。

一五九四年（文禄三年）、伏見城で盗賊の石川五右衛門を生け捕りしたとの伝承がある（公の捕縛者は当時の京都所司代であった前田玄以であるが、『一色軍記』では秀久が捕縛したとの記述が残されている）。秀久は講談の世界では怪力無双の豪傑とのことになっている。一六〇〇年（慶長五年）上杉討伐の為会津攻めの軍令を出した家康に、秀吉から咎めを受けている時に、家康の口利きで小田原城攻めに従軍できた恩に報いる為に、小諸城から仙石秀久が従軍した。

仙石秀久は徳川秀忠等と合流して、中山道を西上する任務を与えられた。徳川軍は上田城へ出陣し、仙石秀久・久政親子は徳川軍の榊原や牧野等と共に上田城に向かった。真田昌幸・信繁の巧妙な作戦に合い、徳川軍の大軍を狼狽させ、謀臣の本多正信の撤退命令でやむなく、兵を退くことになった。徳川軍は仙石秀久軍が猛攻をして善戦した。しかし、関ヶ原の戦いに間に合わなく、先鋒を占めるべき秀忠軍はなす術もなく家康に激怒された。関ヶ原の勝利後、家康に面会も許されなかった。

仙石秀久は上田城攻めでの手間取った遅参の理由を井伊直政の取り繕いでようやく家康が心を開いて、秀忠との面会を許したという。秀忠は仙石久政の忠誠を褒め、秀忠の一字を与えて以後忠政と名乗らせた。また逸話として、仙石秀久は豊臣秀吉が使っていた忍びとして登場し、商人に化けて九州に潜入し、地理すべてを絵に描き、攻め入る地点を書き送ったと記されている。その他、仙石秀久の行動は海賊や盗賊の輩に他ならないとルイス・フロイスは書き送っていることは見方によっては全く異なることである。しかし、立派な武将には変わりがないと思われる。

里見義康

里見義康は安房国の大名・里見義頼の長男として、一五七三年（天正元年）に生まれる。父・義頼の死により一五八七年（天正十五年）に家督を相続する。一五八八年（天正十六年）十一月に増田長盛の取次の元、豊臣秀吉に連絡が取れ、安房国・上総国の両国および下総国の一部を安堵された。しかし一五九〇年（天正十八年）の小田原征伐で秀吉の怒りに触れ、上総・下総の所領は没収され安房四万石に減封された。原因について、従来は小田原征伐に遅参とされていたが、最近では里見義康の欲得で旧領回復の好機とした独自の禁制を発したことが、私戦を禁じた惣無事令違反に問われたと考えられている（市村高男の説）。この件を仲裁したのは徳川家康であり、これ以降里見義康は徳川家康に接近していった。

その後に上洛し羽柴姓を許され、安房守・侍従に任ぜられ、「羽柴安房守侍従」となった。一五九一年（天正十九年）に館山城を改修し城下町を開いた。一五九七年（慶長二年）の太閤検地により九万一千石になった。一六〇〇年（慶長五年）関ヶ原の戦いで徳川家康に従軍し会津の上杉景勝討伐に向かうが、関ヶ原へ向かう軍に入れず、結城秀康の配下の軍として宇都宮城の守備を担当し、上杉景勝の南下を阻止した。関ヶ原の戦い後、論功行賞により常陸国鹿島三万石を加増され、計十二万数千石を得た。

蒲生秀行

蒲生秀行は一五八三年（天正十一年）、近江国日野城（現在の滋賀県）で蒲生氏郷の嫡男として生まれる。母親は氏郷の正室冬姫（織田信長の娘）で幼名を鶴千代と称し、名を豊臣秀吉から「秀」の字を与えられ秀行とした。秀行は生まれつき病弱であったため、氏郷は心配して京都の南禅寺に入れて修行させている。もし武将としての器量がなければ僧にすると秀行に戒め言って聞かせていた。

一五九五年（文禄四年）、父・氏郷が急死したため家督を継いだ。この時、羽柴の名字を与えられた。遺領相続について、豊臣秀吉の下した裁定は当時の関白・豊臣秀次が会津領の相続を認めたことにより、会津九十二万石の相続を許された。その後、秀吉の命で徳川家康の娘・振姫を正室に迎えることを条件に会津領の相続を許された。しかし、若年の秀行は父・氏郷に比べて器量が劣り、その為家中を上手く統制できず、重臣同士の対立を招きお家騒動（蒲生騒動）が起こった。

一五九八年三月、秀吉の命令で会津九十二万石から宇都宮十八万石に減封された。蒲生騒動のほかに、秀行の母・織田信長の娘の冬姫が美しかったため、氏郷が没した後に秀吉が側室にしようとしたが、冬姫が尼になって貞節を守ったことを不愉快に思ったことや、三成の讒言などが理由として挙げられているが、はっきりしたことはわからない。一六〇〇年（慶長五年）の関ヶ原の戦いで上杉討伐の為、徳川秀忠が宇都宮に着陣した。家康も秀忠も西上した為、秀行は宇都宮で上杉景勝の軍の抑えの為に城下の治安維持を命じられた。関ヶ原後、軍功により没収された上杉領のうちから陸奥に六十万石を与えられて会津に復帰した。秀行は家康の娘と結婚していたため、江戸幕府成立後も徳川一門として重用された。秀行の器量は凡庸という評価がなされているが、父は氏郷、母は信長の娘、正室は家康の娘という英雄の知を受け継いでいる。

徳川家康の動向

徳川家康は秀吉が亡くなり、太閤殿下の遺言通り暫くは伏見城で、大老として政務を執り仕切っていた。同じく大老の前田利家は秀吉の死後、身体も衰弱していきついに一五九九年三月に息を引きとった。三成等の官僚派と福島正則や加藤清正等の武断派との確執にも調停する重鎮が不在になり、ただ石田三成だけが家康に諫言する以外になくなっていった。秀吉の大名間の婚姻の禁止も、なし崩しに家康の思惑通りになっていった。

賤ヶ岳の七将も三成襲撃事件を起こしたが、家康によって救出され、いまや三成は佐和山城に蟄居して奉行として権限を振るえず、武断派の七将も矛先を失っている状態であった。家康にすれば自分の思惑通りに事が運んでゆくことにほくそ笑んでいた。しかし武断派は何故、家康が三成を助けたかは知る由もなかった。家康が三成を生かすことによって、強力な援軍が出来あがった。その援軍によって我が方の軍団がより強化されてゆくことが、三成のお蔭であると思っていた。

自分もこれから上杉景勝討伐の為に大坂城を発ち、自分が大坂を留守にすれば会津に到着する前に十中八九三成が大坂で兵を挙げるだろう。その時が天下分け目の戦いになること必定である。その為には豊臣恩顧の大名を懐柔して我が方に味方をするように仕向けなければならない。本多正信や井伊直正等の謀臣を使い、三成を横柄者に仕立て上げ、どれだけ三成に讒言されてきたかを豊臣の恩顧の大名に知らしめ、今までの被害を煽り立てる必要がある、と家康は心に思っていた。

その手立ては我が方の大名が懐柔したのでは、自分の欲の為に仕向けていることがバレて水の泡になってしまう。本多正信や井伊直正等の謀臣に気心の知れた豊臣の恩顧の大名をあて、我が娘婿の池田輝政は太閤殿下の意向で縁を結び、輝政に懐柔させれば豊臣恩顧の大名は勘繰りはしないであろうし、何よりも豊臣家の御為であり、幼君秀頼様の御為であるとの錦の御旗を立てて戦うなら豊臣家の諸大名は疑う余地がないであろう、と考えていた。

一五九九年（慶長四年）三月に伏見城西ノ丸に移った家康は、同じ年の九月七日に大坂城の秀頼に重陽の祝賀を催し大坂城に入り、北政所が去った後西ノ丸に移った。その理由は豊臣政権の健全な運営と秀頼の補佐をするということであった。秀吉の遺命は「徳川家康は伏見城において政務を執ること」とした遺訓を破っての行状であった。家康は豊臣家の大老であり、しかも筆頭家老として政務を執り仕切っている。

一五九八年（慶長三年）、前田利長と浅野長政とは縁戚関係にあり、家康の横暴を食い止めるために襲撃を企てているということを豊臣恩顧の大名から家康は小耳に挟んだが、事なきを得たのである。そこで家康は浅野長政を奉行職から外し、蟄居させることにした。この年に家康は前田利長討伐を命じたのである。この時、母親（まつ・芳春院）を江戸に人質（まつの希望・前田家を残すため）に差し出し、お家取り潰しの難を免れたのである。家康と同格の前田家は、利家が亡くなると同じ石高でも父・利家と息子・利長では器量がちがった。これ以降、前田家の地位は完全に崩落した。

話は少し戻るが一五九九年（慶長四年）、豊臣政権の重鎮・前田利家が亡くなると、石田三成は豊臣恩顧の大名・福島正則や加藤清正等の武断派に衝撃されて、家康に助けられ佐和山城に蟄居され、奉行として権力を振るえなくなっていた。これで誰しも諌言を挟む者がいなくなった。家康は大坂城の西ノ丸で侍女がお茶を入れてくれたので、庭の桜も三〜四分咲ぐらいになっているのを眺めていた。家康の書院に謀臣本多正信と井伊直正が入ってきた。

「随分暖かくなって、過ごし良くなってまいりました。上様はいかがでございましょう」

まず、家康のご機嫌を伺った。

「こうも年を取ると、温かいことが何よりである。大納言利家も亡くなり、少しずつ、一人欠け、二人欠けて、このわしも体に気を付けなければ、夢が果たせない」

「上様！　我々は今まで織田信長様の横死によって、次の天下人は上様がなられると思っておりました。それが、太閤殿下に横取りさせられて悔しい思いが残りました」正信は今までの歯ぎしりするほどの悔しさを家康に説明した。

今の機会が千歳一遇のチャンスと思っている。じっくりと慎重に事を運ばなければならない。どうしたら上手く天下が転がり込んでくる仕組みを考えなければならないと、家康は慎重に事を運ぶようにしている。井伊直正は力によって権力を奪い取ることは考えなければならないと思っていた。

「上様！　大坂や京の町民の気持ちを大切にしながら、波風を立てずに奪い取る手立てを考えまする」。少し間を置いてから、直正は家康に事細かく説明した。

「修理大夫（直政）！　お前の考えをよく述べてみたまえ」

家康は自分の考えより、直正の考えを聞いて参考にしたいと思っていた。

「上様！　太閤殿下が、信長様が横死した時のことを思い出していただければ分かる通り、清州城の会議において柴田勝家殿は信孝様を担ぎ、太閤殿下は信長様の嫡男・信忠様の嫡男・三法師を後継にして、居並ぶ織田信長様の家臣の前で正当性を主張して、三法師を抱きあげて、諸侯の前で堂々と後継者を名乗ったので、筆頭家老の柴田勝家殿と言えども反論できなかった。三法師君が成長するにしたがって、岐阜城の大名にして面倒を見たので誰からも、京や大坂の町民も納得したのです」

直政は一気に家康に説明した。家康は世間の風聞がどう反応するかと考えていた。

「太閤殿下は大気者で性格が明るい。天下を横取りしても、京や大坂の町民も太閤殿下の芝居に騙されたようなものであろう。このわしにはその役ができそうもない」側にいた謀臣・本多正信や井伊直政に家康は自分の考えを説明し、これから起こり得る戦いを説明した。家康を見て正信は自分の考えを述べた。

「私はこの戦いは上様と石田三成との戦いになると見ています。上様！　豊臣家の家臣同士の戦いでございましょう。あくまでも豊臣家の御為であり、幼君秀頼様の御為に戦う正義で、我々は邪心など毛頭ないことをはっきりと印象づけする必要がありましょう」正信は徳川家の謀臣として説明した。

家康も正信の考えに同感した。

「佐渡守（正信）！　よくぞ申した。わしも考えが全く同じであるぞ。幼君秀頼様の御為としての戦いは、石田三成でさえも秀頼を戦場に出陣することを要請しても出来ない。そうすれば、世間も豊臣恩顧の大名達でさえ、どちらが正義の御旗であるかを知らずに戦になるだろう。そのことがこの戦いで一番大切なことであるぞ」

「上様！　我が軍は幼君秀頼様の御為に戦うことを、豊臣恩顧の大名や徳川家の譜代大名にも知らしめてゆく必要がありましょう」家康は謀臣の正信の世間の風聞を気にするという考えが、今後の徳川政権の重要な課題の一つであると思っていた。家康はこれから起こり得る三成との戦いに備えて、念には念を入れて、謀臣に知らしめる必要があった。

「豊臣恩顧の大名達は秀頼が戦場に出て、旗を振って石田三成を応援すれば、太閤殿下に世話になった大名達は挙って三成を支援するであろう。今までの淀殿が二度に亘って、落城を体験し、言葉に言い表せないほどの屈辱と悲惨さを味わい、そのために自分の子供には同じ悲惨さを体験させたくないという気持ちが働くから、我が子は絶対に戦場に出さないと言い切っている。このこともわが軍にとって、これほどの幸運を受けることはないと思うのであろう。しかし、戦になると想定外のことがたびたび起こるものである。そのことも頭に入れておく必要がある」

家康はいかにも慎重を期しているようだが、信長の横死によって自分に転がり込んでくると思っていた天下は、ついに太閤殿下に奪い取られてしまった。その悔しさを思っているに違いなかった。謀臣・井伊直政は家康の気持ちを肌で感じていた。

「上様！　今度こそ我が方に天下が転がり込んでくるように作戦を立てるにあたり、外に対しては戦になれば、豊臣家の家臣同士の戦いであり、今まで通りの体制を引き継ぐことであることをしっかりと内外に示さなければならないと私は考えまする」

家康は謀臣の井伊直政や本多正信等はよくも戦いの核心をついていると目を細めた。

「いかにも修理大夫の考えは豊臣家の安泰を願ってのことで、我が方に大義があることを示せば、三成等を支援する大名は少なくなることは必定である。その上、豊臣家の大名達は家臣同士の戦いになるなら、どちらが勝っても、自分たちに被害が出ることを真剣に考えていないであろう。さらには敵側に百戦錬磨の武将は少ないであろう。彼らが数の上で勝っていても、武将の意気込みがちがう。その辺を心して、はかるようにすることだ」

家康は一六〇〇年（慶長五年）六月に、上杉討伐軍の総大将として大坂城を出発した。家康は従軍の責務を負わない西国大名が積極的に自軍へ参加したのは、秀頼の名代として討伐軍に加わったので、誰しも異を唱えられないからだと思った。家康は秀頼の紋所を諸侯の大名に示した。今までの三成の行状に豊臣恩顧の大名は反発と憎悪を持ち、北政所の後押しと家康の器量と実力に従ったというべきである。その上、黒田長政や福島正則等の七本槍が従軍したことが家康に勇気をあたえた。

石田三成の動向

家康が大坂城を発つとにわかにその風聞が瞬く間に広がっていった。石田三成の忍びの者や西軍の偵察隊等がにわかに騒がしくなっていった。三成や西国大名は、家康の一挙手一投足の動向の連絡に神経をすり減らしている。家康はそのことにあまり頓着せず、悠々と歩を奥州の大名・上杉景勝討伐に向けて進めている。三成は豊臣恩顧の大名に密書を送って、佞臣・家康の悪行を述べ立て、家康の横暴を糾弾するために立ち上がらなければならない、と訴えた。

今こそ、家康が留守の間に大坂で兵を挙げる時だ。反徳川家康の総大将に毛利輝元を担ぎあげている。それに対して、家康が率いている大名連合軍は「東軍」ではなく、家康が秀頼様の御為に上杉景勝を討つという御旗の元に集めて来たものである。三成はこの後に及んで、自分の盟友である越前敦賀の城主・大谷吉継にさえも内密に進めてきたことを打ち明けなければならない。三成は家康が上杉景勝に謀反の疑いありとして上杉討伐を企て、諸国の大名に従軍を命令していた。上杉の家老・直江兼続と連携しながら上杉景勝討伐の為に家康が大坂を離れた時、大坂で兵を挙げ、家康との決戦に持ち込むことが勝利を得る最上の道であると三成と兼続は作戦を立てて行動を起こしていた。

三成と大谷吉継は出身も同じ近江で年齢も近い。その上、秀吉は三成と吉継を「数値の才」に長け、重用しており、兵站《へいたん》（戦闘地帯から後方の軍の諸活動・機関・諸施設を総称したものをいう）奉行として、九州征伐の際に「兵員三十万、馬二万と一年間の長期滞陣」に必要な物資補給と輸送を担当して活躍していた。一五九〇年（天正十八年）、小田原征伐でも三成と吉継は兵站奉行を、文禄の役でも「船奉行」をともに務めている。このように二人一緒に行動を共にしたために友情が培われたのではないかと言われている。

逸話として一五八七年（天正十五年）、大坂城で茶会が開かれた時、招かれた豊臣の大名は茶碗に入ったお茶を一口ずつ飲んで次の者へ回していった。この時、吉継が口を付けた茶碗をだれもが嫌い、後の者は病気の感染を恐れて飲む振りをして次に回した。吉継が飲む際に顔から膿が茶碗に落ち、周りの者はさらにその茶を躊躇ったが、三成だけはその膿が入った茶碗を飲み干したという。吉継の病はハンセン病か梅毒とか言われていた。そのことに感激した吉継は関ヶ原においても三成に手助けして決起する原因になったという。

大谷吉継は清正や正則のような武断派といった実戦の武将としてではなく、学問と知略を以て自分の資質を磨こうとしていた。平素は物静かな武将だが、何よりも度胸の良さがあった。秀吉は吉継の度胸の良さを認め、「紀之介（吉継）に百万の軍を預けてみたい」と言ったという。この吉継にすでに家康から上杉景勝討伐の動員令が出ていた。家康の元に馳せ参じようとしていた。

この時期に吉継は三成の密謀をまだ聞いていない。今度の上杉景勝の挙兵がその一環であることも全く知らない。その吉継が家康の元に千人の軍勢を率い、越前敦賀を発ったのである。吉継は馬に乗れない。板輿の上であった。馬の鞍に跨ると吉継の皮膚が病によりもろくなっており、頭髪も抜け、両眼も完全に失明している。顔を白い布で覆い、輿に揺られてゆく。関ヶ原東方の垂井の宿に泊まった。垂井から佐和山まで三十五～六キロメートルほどの近さである。

吉継は三成と約束した内容は会津討伐に従軍する時、自分は蟄居の身であるため、必ずこの佐和山によってくれないかということであった。吉継の臣下が馬を飛ばして佐和山に入り三成に会った。三成は吉継の臣下に「ぜひ、吉継と会いたい。豊臣家の一大事である。このことを吉継に伝えてほしい」

「要件とはどんなことでありましょう」と吉継の臣下は三成の真意を確かめようとした。

「吉継と会わなければ説明できぬ。是非、そちらの主である吉継に会いたいのじゃ。吉継には御足労なことであるが、この佐和山に来ていただけないか？」

吉継の臣下も三成の真剣なまなざしを見て、大変なことが起こっていることを感じとっていた。吉継の臣下は要領を得ない返事でその場を去った。垂井の宿場に戻り、吉継にその状況を話した。

吉継は臣下の話を聞いただけで、三成が何を考え、何をしでかそうとしているかが一瞬の内に理解できた。そのくらい吉継という男は頭の回転が速かった。三成という男はどこまでのぼせて、自分自身に酔いしれているのか？　吉継は自分の考えに間違いがあることを祈りたかった。

吉継は輿に乗って間もなく佐和山に着いた。佐和山城の大手門にはかがり火がたかれていた。佐和山城の家老・島左近が出迎えてくれた。三成も盟友の吉継の来訪を心待ちしていた。三成は吉継が輿に乗っての来訪なので、病状を察して明日にでも二人だけの会談をしようとした。しかし、「吉継は大切な話なら、一時も早くしようではないか」。三成も吉継がそういってくれたので、随分と楽になった。

まず、吉継は差し出されたお茶を一杯飲み干し、喉を潤した。三成は吉継の崩れた顔に巻き付いた白い布の間から目だけが開いていたが、その目はほとんど見えない。

「何の話がしたいのだ」と吉継は三成に言った。

「家康を討つべく、最良の時期が到来した」三成も手短かく言った。吉継はどう反応するか、様子を見た。

「やめろ！　やっても無駄だ！　その上、家康は横暴に振る舞っているが、秀頼君をないがしろにしてその地位を奪っているわけではない」。三成は黙って聞いている。

「家康の力が大きすぎる。豊臣の諸侯も家康の振る舞いを黙認しているようである。家康に刃向かうものはよほどの馬鹿か身の程知らずものだ」

三成は吉継の一言一言を聞いていた。

「わしが家康に上杉討伐の為に支度をしたのは、家康と上杉景勝との和睦を進めるためである。無駄な争いを起こさぬことだ」

「吉継！　家康を今討たなければ、家康は秀頼君の天下を奪いとることは誰しも分かることである。豊臣の恩顧の大名達でさえ、我が身の安全を図っているだけである」

「三成！　確かにそうかもしれない、お前の状況判断は正しいかもしれない。しかし、そうかといって挙兵して家康討伐とまで飛躍はできない。ここはひとまず、家康と景勝と和睦をすることが最良であろう。その為にお主も馳せ参じよう」

「それは無理だ。俺にはできぬ」

「まさか、三成！　俺に一言も言わずに、上杉景勝をそそのかして、この挙兵する手はずだったのだろう。これほどの一大事を上杉に相談する前に、俺に相談あってしかるべきであろう」

今まで何事も二人で相談してきたものを、当然、我々は固い友情で結ばれているものと吉継は信じていた。

「申し訳ない。これまでの話が景勝との間で出来上がっていたのだ。もし、お主に相談すれば、止められることが分かっていたからだ。とにかくサイはすでに投げられたのだ」そこまで言われると吉継は次の言葉が出なかった。

吉継は無言のまま、沈黙を続けた。吉継の表情は布で覆われて全くわからない。しかし、あまりにもその衝撃が大きすぎて、答えようにも返答さえも、その言葉が浮かばない。

「吉継！　助けてくれ」と三成は絶叫した。しばらくの沈黙の後、

「三成よ。負けるぞ！」と一言吉継はぽつりと言った。

これから豊臣の諸侯を集めるに当たって、三成の性格の横柄さを懸念した吉継は、「三成よ！　お主がいくら檄を飛ばしても、普段の横柄ぶりから、豊臣家の安泰を願うもので

も家康殿の元に馳せ参じるであろう。これからは毛利輝元中納言を立て、お主は陰に徹することだ」と諫言したという。本人を前にして、「お前は横柄だから」と率直に言って諫言していることから、吉継と三成はお互いに言い合える仲であったようである。

吉継は今となってはもうどうしようもない時に来ている。今後の戦に少しでも良かればとの老婆心から、忠告しておく必要があると思ったからである。

「三成よ！　お前は知恵・才覚に於いては天下に並ぶものなしであるが、勇気と決断力に欠けるきらいがある」と吉継は忠告していた。吉継は率直に三成の短所を並べ立てたが、この期に及んで、内心三成に味方して義を重んじることにした。しかし、吉継は三成の前でお前に味方をすると言わなかった。吉継は徳川家康とも親しく、三成のように最初から家康を敵視しておらず、小田原征伐を決めた秀吉は北条氏直の岳父である家康の出方を問題とした。家康の協力を得るために使者として駿府城に派遣されたのが吉継であった。

一五八九年（天正十七年）十一月に吉継は家康との交渉に臨み、見事にその役目を果たした。この家康との会見から、吉継は家康の実力と器量を知るようになった。吉継は太閤殿下は家康殿を優れた大名であると評価をしていたことが、家康との会見により軽率を避け、自然の情理や人情の動きを察し、物事を考え、人の和を基本として、天の理に沿って行動しようとし、事に当たって慌てることがなく、まさに天下の主ともなる人物であることが理解できたのである。

吉継は今目の前にいる三成を家康と対比して思い浮かべていた。三成がどんな戦いをしようが家康と三成の石高、兵力、物量の差から軍事経験の差、人物の器量の差などを考えても到底家康に勝てるはずがないと思っている。だから出来ることなら戦をせず上杉景勝との和睦を図り、豊臣家の安泰を図る方が得策と思って、三成を説得で済むことであればと思っていた。ところが意に反して、自分の意思と違った形で戦う羽目になってしまった。しかし、吉継は無言のまま佐和山城を後にした。

三成は今自分でしなければならないことが、頭脳をフルに働かせても処理するにはあまりにも多すぎて、対処できない状況である。先ず、自分に同調するもう一人の大名・安国寺恵瓊である。三成は密使を送って、大坂屋敷の安国寺恵瓊に佐和山に来るよう密書を送った。その密書を読んで、三成もとうとう家康と決戦することになったことが分かった恵瓊は、次の日に大坂を発った。

大谷吉継は垂井の宿に帰ったが、家康の元に走るべきか、三成と共に、家康と戦うべきか、いまだに考えが定まらない。吉継は「三成の大馬鹿者が家康と戦うこと自体、自分のことが分かってない。いままでの三成との友情を大切にすべきかを迷っている」。二〜三日垂井の宿で過ごしていたが、自分の身体も思うように動かない。家康との約束も上杉討伐に協力してくれるなら、加増の話も耳元に残っている。三成のことを思っていると足が自然と佐和山に向かっていた。

吉継はすでにこのことが三成に手助けすべきであると思うようになった。輿に乗った吉継は三成の居城の佐和山に到着していた。三成は吉継が三成の元に馳せ参じて来たのには天にも上る気持ちであった。「吉継！　お主の友情に感謝したい。」吉継の両手を取って、喜びを表した。ちょうど、安国寺恵瓊が佐和山城の大手門に到着した。三人は別室に入って、密議を始めた。

「三成！　お主の考えを聞きたい」吉継は三成の作戦を聞いてみたかった。三成は今対立している豊臣家の家康方に味方するものと三成方とに分けて、我が方に味方するものの名を列挙し、かつ態度が曖昧な諸侯を、大坂城（大坂屋敷にいる諸侯の妻子）を人質にとり、我が方に味方させてしまうことを述べた。「諸侯の大半は幼君秀頼様に味方する。家康に従軍している諸侯も、大坂にいる妻子を抑えられてしまえば戦意を失うであろう。家康は狼狽し、東国では上杉景勝に、西では我々によって挟み撃ちに合い、家康はどうにもならなくなるであろう。それが我々の必勝の作戦である」三成は揚々と自分の作戦を述べ、これだけの作戦を立てられる奴が他にいないであろうという態度であった。

吉継はただ黙って聞いていた。安国寺恵瓊は、「作戦は良いが、しかし、戦いになると諸侯がどう反応を起こすかが分からない。人の心ほどあてにならないものはない。気を許すで無い」と恵瓊は念を入れることを忘れなかった。三成は大毛利家の当主毛利輝元がどう反応するか、恵瓊に聞いてみたかった。安国寺恵瓊は毛利一族の中で豊臣秀吉と近かった小早川隆景と昵懇であった為二人の間の連絡役を務め、小早川隆景が亡くなると恵瓊自身も毛利家で軽視されかねないと思い、大毛利家の中で隆景と並ぶ毛利の支柱であった吉川広家と対立し、一六〇〇年（慶長五年）の関ヶ原の戦いで、秀吉と親しかった関係で石田三成に味方し、西軍に与した。

吉継は「家康は二百五十万石の大名である。その家康に次ぐものは毛利家の百二十万石である。この毛利が西軍の旗頭になって、戦いになれば勝つ見込みがあるだろう」と言った。

吉川広家は朝鮮出兵中に軍功を上げたにもかかわらず、恵瓊と三成は秀吉に報告しなかったので、広家と恵瓊は仲が悪くなった。毛利家の当主毛利輝元は、器量はないが、実に温厚篤実である。その輝元に西軍の旗頭になってもらうことが出来るかどうかである。

「恵瓊殿！　貴殿はこの件を毛利の当主輝元殿に承諾させることが出来るかであるが？」

と三成が尋ねた。

「出来る」と恵瓊は言った。

「それには条件がある」

「条件はいくら人が好い輝元殿でも、戦勝の暁には筆頭大老の地位を保証するならばである」

吉継は三成の性格を知り抜いて、その為、豊臣の諸侯は家康になびいている。

「三成よ！　お前は横柄者でこの世に通っている。平素の行いも高慢で憎しみを買っているから、この戦いに臨んでただひたすら低姿勢を貫き、中納言輝元殿を立てて、お主はあくまでもその下で事を図ることである。そうすれば勝利するであろう」

「吉継！　ようわかった。お主はわしの欠点を歯に衣着せずに言ってくれる。大事な戦いの前に指摘してくれたことに感謝する」。良き友を持ったお蔭である。三成は吉継の心のこもった一言が嬉しかった。三成は木下藤吉郎の時代の頃、安国寺恵瓊が毛利家の吉川元春の側近宛への書状に「織田信長の世は三年や五年は持つだろうし来年あたりは公家の位階も得ようが、しかし、派手にてあお向けにひっくりかえるであろう。その後は木下藤吉郎さりとての者にて候」と予言して、その通りになったことの慧眼に感服していた。

「先ほど、毛利輝元殿が西軍の旗頭になって陣頭指揮すれば、この戦いは我が方が勝つことが出来るとわかった。家康になびく豊臣恩顧の大名達が家康を支持しても、我が軍は兵力においても、人員においても大きく優っているからだ。ただ恵瓊殿が吉川広家殿と仲が悪いとのことなので、中納言輝元殿を説得できるかが一番の頭痛の種である」と三成は思ったことを言った。

「その件は心配ご無用である。輝元殿はわしを信頼しておるから」と即座に恵瓊は答えた。その上、「貴殿の家老・島左近殿は家康との戦いに、幼君秀頼様が戦場にお出になれば、豊臣恩顧の大名は雪崩を打って我々を支持し、戦況を有利に進められるからと申している。このわしも同感であるが、治部少輔殿、貴殿は淀殿に何事も相談できる相手であろう。その件を相談してはいかがか？」

三成は「幼君秀頼様が戦場に出て旗を振れば、賤ヶ谷の七将も弓を引けまいと思い何度も相談したが、太閤殿下の遺命と淀殿は二度の落城を体験し、実父・浅井長政殿と養父・柴田勝家殿の自刃と母親のお市様の自害を目の当たりにして、我が子・秀頼にだけはあの悲惨さを味わわせたくないとして、ヒステリックになって、聞く耳を持たなかったのであります」と吉継と恵瓊の前ではっきりと説明して理解を得ようとした。

吉継は淀殿の気持ちも理解できたが、しかし、この戦いで負ければ家康は豊臣家を滅ぼそうと思っているのに違いなかった。家康はこの戦いは豊臣家を守るための正義の戦いであり、幼君秀頼様の御為であり、何の私心もないことを諸侯の大名に号令を掛け、豊臣家の家臣同士の戦いであることを内外に宣伝し、正義は家康にありと言っていることを、諸侯の大名は見抜けないほど巧妙に工作している。その工作ほど怖いものはないと吉継は感じていた。家康のどす黒い考えを何故諸侯の大名連中は考えないのか不思議でならなかった。

恵瓊は「毛利家と四国の長曾我部盛親や九州の島津家が馳せ参じるであろう。これから、諸侯の大名に豊臣家を守るための正義の戦いに馳せ参じさせる手立てを考えて、諸侯の大名に密使を送り、陣営を固める必要がある」その密使を三成が四方に送るように依頼した。一六〇〇年（慶長五年）七月、三成は近江国愛知川に関所をもうけ、家康に従軍して、上杉景勝討伐に向かう西国大名・鍋島勝茂や前田成勝らの会津征伐を阻止し、強引に自陣営（西軍）に引き込んだ。

その後も三成は諸大名の妻子を人質として、大坂城に入れるために軍勢を送り込んだ。しかし、加藤清正の妻をはじめ一部には脱出され、さらに細川忠興の正室・玉子（ガラシャ）には人質になることを拒絶され、キリシタンは自害が出来ないと宗教上の掟により、夫・忠興の命令で家臣に槍で突き刺された後、屋敷に火を放って死を選ぶという壮絶な最期を見せられ、人質作戦は中止した。

七月十七日毛利輝元を西軍の総大将として大坂城に入城させ、前田玄以・増田長盛・長束正家の三奉行連著からなる家康の罪状十三か条を書き連ねた弾劾状を諸大名に発布した。七月十八日、西軍は家康の重臣・鳥居元忠が留守を守る伏見城を攻めたてた（伏見城の戦い）。伏見城は堅固で鳥居軍の抵抗は激しく、容易に陥落しなかった。鳥居軍の中に甲賀衆（家康が忍者を使っていた）が居ることに三成は気づき、長束正家と共に甲賀衆の家族を人質にとって脅迫した。甲賀衆は三成の要求に屈服して城門を内側から開けて裏切り、とうとう伏見城は落ちたのである。八月二日、三成は伏見城陥落を諸大名に伝え、毛利輝元や宇喜多秀家に三成は自らも連署して公布した。これで事実上、三成と家康の戦いの火蓋が切られた。

小山評定

家康は上杉景勝討伐の為に一路奥州に向かって豊臣恩顧の大名を率い進軍中に、上方（大坂）から三成の不穏の動きが逐一連絡が入り、その情報を一つ一つ分析しながら作戦を考えていた。家康と共に従軍した豊臣恩顧の大名を以下に列記する。福島正則、池田輝政、山内一豊、中村一忠、堀尾忠氏、田中吉政、浅野幸長、京極高知、富田信高、筒井定

次、細川忠興、蜂須賀至鎮、生駒一正、加藤嘉明、藤堂高虎、黒田長政、寺沢広高、森忠政、蒲生秀行、仙石秀久、里見義康、以上の二十一名である。

小山に到着した家康は上方から三成の動向が知らされると、家康が一番心配であった福島正則の動向がこれからどう展開するかにかかっていると思っていた。黒田長政の懐柔により、正則は本当に我が方に味方すると聞いていても安心はできなかった。家康は謀臣の井伊直政、本多正信等と軍議を開き、会津へ向かうか上方へ反転して、三成との決戦に臨むかを図った。大坂の変事を在坂の諸将が家康に密書を送ってきている。

三成の盟友であるはずの奉行増田長盛、長束正家、前田玄以等が家康に送ってきたことが解せなかった。しかし、家康は百戦錬磨の武将である。彼らは自分の生き残りに命を懸けているので、自己保身の為に家康にも密書を送ってきていると思っている。戦いはどう転ぶかわからない。家康と同じように、三成にも同様な動きがあるものと思って間違いない。世間の動きとは欲望と自己保身の為に他ならない。

この戦いはどう転ぶかわからないが、これからの戦いをするに当たって、豊臣恩顧の大名を懐柔しながら、在坂の諸将からこのように我が方に密書を送りつけてきていることを小山に集まっている諸将に知らせる必要がある。三成と盟友である者が我が方に密書を出していることは我々が勝利するという宣伝であり、彼らの間に疑心暗鬼に陥ることになると家康も思っている。その上、勝つ方に乗らなければ戦う意味がないし、戦いは義理人情ですべきでないとも思っている。

明日、七月二十五日に豊臣恩顧の大名を集めて軍議を開いて、諸将の意向を聞かねばならない。この会議こそ一番大事な将来を占うものである。黒田長政によって言い含められた福島正則については一応安心できるが、他の諸将について婿である池田輝政はもとより、細川忠興、藤堂高虎、浅野幸長等は「三成憎し」の為に馳せ参じているし、我が方の為に力を貸している。これもあれも、すべて三成が高慢であり横柄者であるから我が方に馳せ参じている。

家康はここに集まった豊臣恩顧の諸将を一人一人点検し、確認をしながら会議の行く末を見守り、必ずや我が方に馳せ参じるように仕向けることである。家康は謀臣の本多正信や井伊直政と榊原康政と密議をし、仕損じることがないことと、この戦いは幼君秀頼様の御為の戦いであり、豊臣家の未来永劫と安泰の為を知らしめることが肝要であるということを徹底させた。

尚、上杉景勝と戦った後、上方（大坂）に打って出ることは危険きわまりない行為であるが、上方に出陣すれば勝利することは間違いないと進言した。家康は謀臣の意見を入れて西上を決定したと言われている。しかし、家康は三成との戦いは福島正則をどんなことをしても味方にしなければ安心できなかった。というのも大坂城に妻子を人質に出しており、幼君秀頼様を捨てて家康に味方することに、正則にはまだ煮えきらない態度であったからだ。黒田長政は秀頼様はまだ幼く、秀頼様の意思ではなく豊臣家に何ら危害どころか、豊臣の家臣同士の争いである。万に一つも秀頼様はこの戦いに戦場に出て、三成（西軍）に御旗を立てるわけがないことを並べ立てて説得した。

長政は大坂城で淀殿が我が子・秀頼を絶対に戦場に出さないと言い張り、そのことになるとヒステリックになったことを何度も聞いていた。だから秀頼が戦場に出て三成に味方をし、豊臣の御旗を振るとは思えなかった。三成を討つために家康に味方するように正則の承諾をえた。正則は「筑前守！　武士に二言はないな。わしは三成のはらわたを食いちぎり、家康に味方をする」と言って約束をした。その日のうちに家康に長政は報告した。

ちょうどその頃、一六〇〇年（慶長五年）七月に真田昌幸は上杉景勝討伐軍に従軍していた。真田昌幸には長男・信幸と次男・信繁（幸村）がいる。家康が下野国・小山にいる時に石田三成が挙兵し、諸大名に家康弾劾状の十三か条の書状を送り多数派工作を始めた。真田昌幸は下野国・犬伏（栃木県佐野市犬伏）で書状を受け取ったと伝えられている。大谷吉継の娘が幸村の正室であり、昌幸は秀吉から伏見城の普請役を命ぜられ、その功労により豊臣の姓を与えられた。

父・昌幸と幸村は三成・西軍へ、信幸は正室が家康の謀臣・本多忠勝の娘であるため家康・東軍に付くことに去就会議で決まった。真田家存続の為に親子決別した。このことが「犬伏の別れ」と今でも伝えられている。西軍と東軍のどちらが勝つか判断がつきかねていた。当時は家の存続こそが大切であり、武家社会の風習であった。武将は戦になると自身の方向性を見極めることが何よりも、自分の生命にもかかわることであった。この年から二〜三年前、一五九七年（慶長二年）十月、秀吉の命令で下野国・宇都宮城主・宇都宮国綱が改易に合い、その所領没収の処理を浅野長政と共に昌幸は担当した。このように当時は京都・大坂が政治経済の中心地であったが、家康が三成を討つため、小山から西上して西軍を倒したために、江戸・東京が中心地になったことはいかに小山評定の結果が大きかったかが分かると思う。その上、栃木県とは切っても切れない深い関係があったかが分かる。

お家存続の為親子決別して、昌幸と幸村は上田城に帰る途上で信幸の居城・沼田城を奪おうと画策し、沼田城の留守を預かっていた本多忠勝の娘・小松姫に昌幸は「孫の顔が見たい」として開城を願ったが、小松姫は義父・昌幸の思惑を見抜いて丁重に断ったという。昌幸は「さすが本多忠勝の娘じゃ」と言って、上田城に引き返したと言われている（後世の編纂書で伝えられている）。

家康は七月二十五日の小山評定で豊臣恩顧の大名達の前で、成り行きを懸念していた。小山城は下野国都賀郡小山（栃木県小山市）にあった城・別名は祇園城とも言われている。小山城は一一四八年（久安四年）に小山政光によって築かれたとの言い伝えがある。小山氏は武蔵国に本領を有し、藤原秀郷の末裔《まつえい》と称した太田氏の出自で、小山政光がはじめて下野国小山に移住し小山氏を名乗った。

小山城は中久喜城、鷲城と並び、鎌倉時代に下野国守護職を務めた小山氏の主要な居城であった。当初は鷲城の支城であったが、南北朝時代に小山泰朝が居城として以来、小山氏代々の本城となった。一三八〇年～一三八三年にかけて起こった小山義政の乱では、小山方の拠点として文献資料に記された鷲城、祇園城、宿城等のうち「祇園城」が小山城と考えられている。小山氏は義政の乱で鎌倉幕府により追討され断絶したが、同族の結城家から養子を迎えて再興した。

その後は代々小山氏の居城であったが、一五七六年（天正四年）に小山秀綱が北条氏に降伏して開城し、北条氏によって改修され北関東攻略の拠点となっている。秀吉の小田原征伐の後、一六〇七年（慶長十二年）頃本多正純が相模国玉縄より入封したが、正純は一六一九年（元和五年）に宇都宮へ移封となり小山城は廃城となった。

家康はこの地の歴史の流れを頭に描きながら、朝、思川の左岸の小高い丘から点在している農家と思川の流れを眺めていた。ゆっくりと流れる思川の水の流れが石と土砂によって遮られたり、思うようにまっすぐに流れることが出来ない。水の流れを阻む者があってはその障害を取り除き、自分の思う通りに今日の軍議の進行を進める必要がある。

軍議の進行の指導権を握り、豊臣恩顧の諸将にこの戦いの意義が何であるか、豊臣恩顧の諸将に知らしめ納得させる技法が必要であり、この家康が幼君秀頼と豊臣家の安泰の為に豊臣家の内部の賊を討つための義戦であることを知らしめることである。それを間違えば京、大坂の町民は徳川政権に諸手を上げて歓迎すまい。

太閤殿下が逆臣・明智光秀を討って、織田信長の相続者・織田信雄や信孝を排除して、嫡男・信忠の遺児・三法師（後の織田秀信）を相続者に担ぎ、織田信長の諸将の前で三法師君を高々と抱き上げて、秀吉は命令をして諸将は頭を垂れて平伏した。

太閤殿下は少しずつ力を蓄え、信長の四男秀勝を養子に貰い受けて、羽柴秀勝を施主に信長の葬儀を大徳寺で盛大に催し、目の上のタンコブである柴田勝家を取り除く為に、賤ヶ谷の戦いで打ち勝ち、自分の思うようにことを運び、京の町民の同意を得るために織田秀信を岐阜城主にさせて面倒を見た。そのやり方が底抜けに明るさを秘めていたので町民はだれも異を挟めなかったが、家康にはその役割が出来そうもない。役柄が太閤と家康の違いであるが、京や大坂の町民を味方にしなければならないと思っていた。

家康は本多正信に会議に先立って、三成との戦に何故戦うかを説明し、あくまでも義戦の為であることと、豊臣家の安泰と秀頼様の御為を強調しなければならないことを指示していた。家康が会議の時が迫ってきたので陣屋にやってきた。すでに豊臣恩顧の諸将は集まっており、三成が大坂で挙兵したことで誰しも今後どのようになっていくか固唾をのんで会議の行く先を案じていた。

家康が諸将の前に座り、一座の前で深々と頭を下げた。本多正信が立ち上がり家康の考えを説明し、豊臣恩顧の諸将がどう反応するか、家康も気がかりであった。謀臣の本多正信や井伊直政等から一応聞いていたが、なにぶん多くの諸将が集まると何が起こるかわからない。この会議が家康の運命さえも左右しかねない。会場は水を打ったように静まり返っている。あまりの静けさに、正信は「貴殿らの中に、妻子を大坂城に人質に取られて、三成に味方するものはこの陣を払って上方に上られよう。その邪魔立ては一切しない」と自軍の強がりを強調した。

静まり返った中で、突如立ち上がった福島正則は諸将を見渡しながら「妻子が人質に取られようが、逆賊・三成のはらわたを食いちぎり、家康殿に味方をする」と大声で第一声を放った。集まった諸将は正則の勇気ある発言にどよめいた。山内一豊は妻の千代から、「これからの世は徳川様の世になり、だれよりもいち早く、家康様に味方するように」と言い添えられていた。「それがしは妻の千代からの文を開けずに家康殿にお見せいたします。その上、これから西上するに当たって我が居城の掛川城を開けますので、徳川殿が自由にお使いくだされ」といって居並ぶ諸将を見渡し、堀尾忠氏に目が留まり彼の発案を自分のこととして発表した。この一言で、会議の流れが徳川家康の東軍に傾いた。

会議後、生真面目な一豊は堀尾忠氏に頭をかきながら、「家康殿の歓心を買うために、申し訳ない。貴殿の発案を我がこととして言った」ことを恥じ、丁寧に謝った。堀尾忠氏は「日頃の篤実で真面目な貴殿には似つかわしくない行為だ」として、自分の勇気が今一であったことと、一豊に先を越されたことを恥じたのである。しかし、忠氏は我々・諸将達もすでに戦いは始まっている。勇気がなければ、どんな良いことを思ってもと、先に皆の前で言えなかった自分の非力を嘆いたのである。

小山評定の後、流れが一気に家康に決まり、諸将は小山を払って西上した。しかし、家康は配下の諸将と小山の仮の陣屋で榊原康正や本多正信や井伊直政等と協議した。三成との決戦に気を捕らわれていると上杉景勝が背後から攻め入り、上杉から目を離せない状態になり、挟み撃ちに合うことを懸念した。上杉の抑えに勇気と武勇に優れた家康の次男・結城秀康を宇都宮に駐屯させた。その上、上杉の隣国の伊達政宗と連携しながら上杉と佐竹義宣の行動を牽制させた。

家康は本隊を自ら率いて東海道から、徳川秀忠は別働隊として中山道を進軍することが決まった。結城秀康は家康が西から引き返す間、上杉景勝と佐竹義宣を牽制するという留守居の大役を与えられ、無事その任を全うした。結城秀康は家康の次男として生まれ、父・家康に嫌われ、満三歳になるまで対面を果たせなかった。あまり冷遇された異母弟を不憫に思った兄・信康による取り成しで臣下に入ることが実現した。

一五七九年（天正七年）、武田勝頼との内通疑惑から、織田信長の命令で家康の長男・信康が切腹させられた。本来なら次男である秀康が徳川家康の後継者となるはずであった。しかし一五八四年（天正十二年）の小牧長久手の戦いの後、秀吉と家康が和解する時の条件として秀康は秀吉のもとへ養子（実際は人質）として差し出され、家康の後継者は異母弟の長松（後の徳川秀忠）にされた。豊臣秀吉の養子になった秀康は一五八四年十二月二十二日に元服して、羽柴の名字で養父・秀吉と実父・家康の名から一字ずつとった名を与えられ、羽柴（結城）秀康と名乗った。

関ヶ原の戦い後、結城秀康は家康より下総結城十万千石から、越前北ノ庄六十七万石に加増移封された。結城秀康は武将としての器量は一流で武勇抜群、剛毅で体格もよく、礼節や謙譲の美徳と器量が大きかったと言われていた。晩年は梅毒に冒され鼻がかけてしまったと言い伝えられている。

話は少し戻るが関ヶ原の戦いで別働隊として中納言徳川秀忠は、兵三万八千人という大軍を率いて中山道を進軍し、信州国上田城攻めに向かった。家康の三男で今まで戦場の経験もなく、軍隊も経験したこともなく、性格も温和だが資質は平凡でこの上ない生真面目さを持ち合わせている。なお、器量の点においては世辞にもあるといえない。そういう大将を別働隊として進軍させる為に家康は経験豊かな謀臣・本多正信を随行させた。その上、軍事経験の豊富な榊原康政をつけた。そのことは家康の心配を少しでも少なくするためであり、万一何が起こり得るかを想定してのことであった。

中山道沿いに信濃国に入ると小諸の城主仙石秀久の城下である。別稿でも仙石秀久について述べたが、戸次川の戦いで豊臣秀吉の命令を無視して秀吉軍の敗北の基をなし、領地を没収されて流浪の身になり、耐え忍び仙石家の再興の機会をじっと待っていた。秀吉は小田原城の北条家が上洛しないことに激怒して、小田原征伐に踏み切った。そのことを知った仙石秀久は大老の徳川家康に口添えしてもらい、陣借りという形で出陣し大いなる武功を上げた。そのおかげで秀吉の許しを得て、信州・小諸城五万石を与えられた。

家康は秀忠に仙石秀久が小諸城主になっていることを説明して協力を求めるように指示した。家康の言に従って仙石秀久に上田城主の真田昌幸がすでに三成に与し、反徳川の旗を振っていることで真田昌幸をどうするか、どう攻めるかの軍議を小諸城で開いた。仙石秀久は隣接城なので真田親子のことは知り尽くしている。「わしなら真田親子は利に敏いから、利によって諭せばおのずと理解し、我が方に馳せ参じるでありましょう」と秀忠や謀臣の本多正信や榊原康正に秀久は説明した。

謀臣の本多正信は何度も徳川軍が信州に乱入して、敗軍の憂き目になったことを挙げ、あの老獪な昌幸が一筋縄でゆくのかを懸念した。軍議で昌幸に使者を出して、徳川軍三万八千の大軍がこの小諸城の近くに駐屯している。その大軍を相手にわずか二千ぐらいの軍勢で戦っても無駄であり、徳川軍に与し恩賞をいただく方がよかろうと使者はじゅんじゅんと説明をした。

中山道の道筋にはこの戦国の世にもまれな老獪な城主がいる。この上田城主の真田昌幸がそれであり、幾多の戦乱を生き抜いてきた老獪な武将である。年は五十四歳であり、主人を何度も変えて来た油断のならない人物である。昌幸はその使者に「有り難いお誘いであるが、わしは損得勘定で動くわけにゆかない。太閤殿下に世話になり、義によって動くのがわしの身上である」と言下に昌幸はいい、東軍の使者はいつもの行動と全く違った見解であったので驚いていた。

しかし、昌幸は「今夜、もう一度我が方で軍議を開いて、決めるので少々の時間を頂きたい」と言って使者を帰した。

昌幸はこの場で時間を稼げば徳川秀忠軍が関ヶ原の戦いに遅れ間に合わないので、東軍の負けがはっきりするであろう。それまでこの上田城に秀忠軍を縛り付けることが勝敗の大きな分かれ道であると思っていた。昌幸はここでも老獪さを出してほくそ笑んだ。昌幸はこの戦いは三成が勝つと思い、自分の人生最後の戦いに大博打を打って大大名になろうと目論んでいた。なお、昌幸は三成から鳥居元忠の伏見城を陥落したとの情報を得ているので、間違いなく勝てると思い込んでいた。

東軍の秀忠軍は丸二日経っても返事がない。しびれを切らした秀忠軍はまた使者を向けて、上田城に向かい昌幸と談判した。

昌幸は「わしは損得勘定より、義によって秀頼様の御為に働きたい。それが道でもある」東軍の使者も昌幸の本心とも見えない回答に色をなして、開いた口が塞がらなかった。「なんとも憎い言葉を吐かれるぞ」と言って帰った。

若い秀忠は怒りが爆発した。秀忠は「昌幸が義の為であるとしたら、我々は不義の為の戦いか？　そのためには豊臣恩顧の大名が挙って応援しているぞ」と使者に言い含めて、伝えた。

昌幸は「豊臣恩顧の大名が挙って東軍に加担しているのは欲の塊だからだ」と言い返した。若い秀忠は怒りが心頭に発し、謀臣の本多正信や榊原康正の制止も利かなかった。総大将の秀忠が、正信がいかに口説いても聞かなかった。秀忠が上田城の攻撃を決定した。焦る正信や康正の説得にも秀忠は耳を貸そうとしなかった。とうとう昌幸と秀忠軍は決戦になってしまった。正信も軍事経験が豊富な康正もこの上田城に足止めされたら、関ヶ原の戦いに遅れて行ったら、徳川の命運も分からないし、若殿の秀忠に付き添って、指導が出来なかったら、上様（内府殿）にお叱りどころか、切腹させられる羽目になるだろうと思っていた。

昌幸は上田城に籠城しているから、大砲で撃っても城の周りに堀が巡らされているので届かない。いかに大軍を擁しても、城郭から砲撃すると秀忠軍に命中する。時間がないので、思うように攻め込むにはゆっくりと時間をかけて戦を仕掛けなければ相手の思う壺になってしまう。関ヶ原の戦いにもう残されている時間がない。正信も康正もイライラして焦るばかりであった。正信は家康から戦の指導権を任され、武将達の勝手な振る舞いを制止するため、秀忠総大将に聞こえるように軍令違反に当たるとして大声で怒鳴った。

秀忠も三万八千人の軍勢を率いて、自分の大将としての器量を恥じ、この上田城に約十日程釘づけされた無様な指導が家康にお咎めを受けるであろうと思っていた。そしてとうとう関ヶ原の戦場へは間に合わなかったのである。

関ヶ原の戦い

小山評定にて豊臣の諸将は西上して、福島正則等は清州城に滞陣している。家康は上杉景勝の動向を見て、八月には江戸を発つと明言していた。それが八月の半ばを過ぎても、まだ江戸にいるという。何度も小山評定で集まった諸将から江戸にいる家康に催促しているが、家康はまだ動く気配が全くない。謀臣の本多正純は家康に「上様！　何度も来る催促をいかがいたしましょう」と尋ねてみた。家康は正純を、人を刺すよう鋭い目で見ながら「正純よ！　先日の評定で我が方に味方をすると諸将は言ったが、しかし、人の心ほど危ういものはない。その場によって心が変わり、三成や西軍に懐柔されて我が方に刃を向けるやもしれない。諸侯の心と上杉の動向を見るために、まだ江戸にいて成り行きを見ることも肝心であろう」と言った。

家康は今まで作り上げて来た徳川二百五十万石も軽率に動けば元も子もなくなるし、一生一代の大芝居を打たなければならない。その上、上杉がどう動き、その抑えとして伊達政宗や佐竹義宜の動向や宇都宮に駐屯している我が息子の結城秀康の抑えにも、気配りしている。それには時間をかけて相手の動向を見る必要がある。軽挙妄動すると長い間持ち続けた夢も跡形もなくなってしまう。

織田信長公が本能寺の変で横死し、今度こそ我が番であると信じていた矢先に、秀吉に天下を横取りされて悔しい思いをした。電光石火の如く秀吉は信長の武将の中から躍り出て、同じ武将の柴田勝家を賤ヶ谷の戦いで破り、一躍ひのき舞台に躍り出て家康も信長公の遺児・信雄殿と同盟を結び、「織田家の復興を図る」という大義名分を立てて、小牧長久手の戦いに小競り合いで勝利をえたが、信雄殿は秀吉に懐柔されて戦線離脱して秀吉と単独講和に踏み切ることをしたので、家康も戦いの継続を断念し秀吉と講和をした。

大将の器でないものと同盟を結べば軽々と講和をする。今、家康が福島正則等に矢のような催促に応えられないのは、豊臣恩顧の諸将の踏み絵をすることである。先ず、福島正則や黒田長政等が本気で（西軍に与した）岐阜城主・織田秀信（幼名三法師）を攻める気かを見定める必要がある。家康が関ヶ原の戦場にいなくても出来ることである。「三成との決戦に本気で立ち向かうその気概を見たいものぞ」と謀臣の本多正純に伝え、使者を使って美濃に滞陣している正則等に連絡した。

福島正則は「我々を内府はどう思っているか、我々を小間使いにでもする気か？」とわめいていたが、家康からの連絡に正則は激怒して猛然と岐阜城を攻め落とした。家康はこのことを聞いて安堵し、この戦いは我が方が勝利を収めることを確信した。家康は九月になって上杉が会津を動く気配がないことを見定めて、ようやく隠密の形で江戸を発ったのである。

一方の石田三成も大坂城に毛利の軍勢が到着せねば、形の上だけでは戦は勝てないと思っていた。三成は何度も総大将の毛利輝元に催促している。三成は毛利が二つに割れて、一方は我が方に、他方は家康に内通していることが気がかりであった。輝元は温厚で自ら買って出た総大将ではない。西軍の大名からも増田長盛等が家康に内通しているとの情報も得ている。乱世の中で戦の経験があまりない三成は居ても立ってもいられぬほど焦っていた。

毛利輝元は大坂城の西ノ丸に入ったが、その後は西軍の総大将として大坂城に籠り、九月十五日の関ヶ原の戦いには自ら出陣せず、一族の毛利秀元と吉川広家を出陣させただけである。吉川広家は家康方に味方しているので、戦いの指揮が乱れて統制が利かない。三成と広家は朝鮮出兵中に仲たがいして、未だに修復していない。

関ヶ原において吉川広家は西軍として参加したものの家康に内通していたので、南宮山に布陣し、総大将の毛利輝元の出陣を阻害した位置に陣取って、毛利勢の動きを牽制した。毛利の安国寺恵瓊や長曾我部盛親や長束正家の使者が来ても、広家は濃霧を理由に出撃を拒否し、同じ毛利勢の毛利秀元にも「これから弁当を食べる」と言って要求を拒否した。これをもって、「宰相殿の空弁当」という逸話が残っている。

正家は豊臣政権の官僚で豊臣の財務を取り仕切っていた。三成と共に豊臣政権の屋台骨を支えた一人でもあった。三成のような気性の激しい性格と違って、三成ほど恨みを買うことはなかった。増田長盛も五奉行であり、経済手腕に長けていたが、戦において命を懸けて戦う武断派ではない為、何時も両陣営に自己保身の為に身を置いていた。関ヶ原の戦いで二股をかけていたが、武功を上げた池田輝政に戦犯の烙印を押され自害させられた。正家や長盛は戦においては何の役にも立たない。

大毛利にしても西軍に与して内部が割れていたのでは戦にならない。三成は我が方（西軍）の人員において、東軍（家康）よりはるかに多い。ちなみに我が軍は兵力数が十万五千人、東軍は七万五千人と推定し、この戦いは我が方が必ず勝つと思っていた。戦いは兵力の数で決まるわけがないことを認識できない。三成は豊臣政権内にあって、戦を自ら体験したことがなく、兵站奉行として全国規模で物資の輸送や人員の輸送を調達することと秀吉の依命を忠実に守り、人間は欲得とお家の為に動くことを知らない。その若い官僚は、家康の人間の器量と度量の大きさは、何度も体験することによって磨きがかかり、大事な時に光芒を発揮することを知らない。何事も頭で考え、計数を当てはめれば処理することが出来ると思っている。そのことが三成の一番の弱点でもあるが、そのことを全く知らないのである。

安国寺恵瓊は毛利の外交官として僧侶ながら、豊臣家の相談相手になっている武将である。血で血を洗うような、厳しい戦いの中をくぐり抜けて来た人物ではない。武断派として自ら兵力を駆使して領土を広げたこともない。また、長束正家は豊臣政権内で財務官としての能力を発揮し奉行に抜擢された人物である。その上、増田長盛においては元をただせば甲賀忍者であり、大和郡山において知行を得ていたが、武断派というより計数管理で才覚を発揮する能吏である。武勇の方は武将として今一であるが政治や経済に精通し、忍者なので諜報に明るいし、関ヶ原の戦いで東軍にも内報し、二心をもって曖昧な態度をとっていた。

前田玄以は秀吉の家臣になり一五九五年（文禄四年）に秀吉より、丹波亀山城主五万石を与えられた。玄以は尾張の僧侶であり、豊臣政権において京都所司代として朝廷との交渉役を務め、一五八八年（天正十六年）の後陽成天皇の聚楽第行幸に於いて奉行として活躍している。徳川家康の上杉景勝への討伐には反対した。三成が大坂で挙兵すると西軍に与し家康討伐の弾劾状に署名したが、一方で家康に三成の挙兵を知らせ内報も行っている。家康の力があまりにも大きいので、家康の力におののいて玄以も他の奉行と同じように二心を持っていた。関ヶ原の戦いには病気を理由に最後まで出陣しなかった。そのお蔭で丹波亀山城は安堵された。

三成を取り巻く奉行や僧侶上がりの安国寺恵瓊等は武断派として、槍働きをした訳ではなく、頭で考え、計数に強いだけで、命を懸けて戦う気がない。官僚大名は平素どれほどの強がりを公言しても、いざ戦場にでると勇気がなくしり込みしてしまう。これらの計数に強い諸将が多数いても、戦には何の役にも立たないばかりか、自軍の士気に影響し勝つべき戦も負けてしまう。三成は焦っている。

家康もまだこの関ヶ原に到着していないし、東軍（家康）も何を考え、何をしているのかさえ分からない。家康の隠密行動をまだ三成は知らない。三成は戦場にいて、各方面に密書を送っている。その密書を持った使者が家康軍に捕まり、三成の動きが逐一わかっている。家康にすれば、三成めがこの大事な戦に血迷って、我が方の諜報によって西軍の動きが手に取るように分かる。まだ、こちらの動きは隠密のままでいいと思っている。三成は全国規模で物資の調達や諸大名に命令や規制を号令することが出来るが、武断派のように戦場に於いて、命を懸けて戦う度胸と迫力に欠けるきらいがある為、西軍に与した諸将は何か物足りなさを感じていた。その為に毛利が二つに割れていることも一つだが、安国寺恵瓊や長束正家や前田玄以や増田長盛等は戦場に打って出る気がない。この戦いを人任せでわれ先に突撃する諸将もいなかった。この関ヶ原の戦いは家康と三成の豊臣家の家臣同士の戦いであるとの認識しか持ってない。

三成は毛利輝元を総大将に祭り上げたが、毛利家の家風と伝統から積極的に隣接する国を侵攻したことがない。侵入する敵に対しては防御する。秀吉が備中高松城を水攻めして清水宗治が切腹した後、信長の横死を知らされても秀吉を後追いしなかった。このことは毛利の家風と毛利元就の保守策を継承していると見ていい。関ヶ原の戦いで戦場へ行かず、敗戦後、家康に改易されかけたが、吉川広家の働きで大幅に減封されたものの、かろうじて存続することになった。毛利輝元は「近頃の世の中は万事逆さまである。主君が家臣に助けられたという無様なことになった」ことを自分の能力の無さを認めて嘆いたという（『福原家文書』）。

小早川隆景は遺言を残して世を去った（『名将言行録』）。その言行録によると、隆景は宗家の毛利輝元の器量や軽率さが将来の毛利家に災いを起こすことを恐れ、「天下が乱れても、輝元は自ら軍事に関与してはならない。ただ、自分の領国を固く守って失わない策をするがよい。何故なら、輝元には天下を保つべき器量がない。もし身の程をわきまえず、天下の騒乱の策に加わると、自分の領土の外への野望を抱くなら、きっと所有している国を失い、その身も危なくなるであろう」という。この遺言は隆景の死からわずか三年後に現実のものとなった。

家康はいろいろな情報や諜報活動や三成が出した密書等を総合的に判断して、関ヶ原の戦いを進めるべきであると考え続けていた。対毛利家の対策である。小早川隆景は一五三三年（天文二年）に毛利元就の三男として生まれる。兄弟には毛利隆元と吉川元春がいる。毛利家の両川・小早川と吉川で小早川景隆および吉川元春と共に毛利家の発展に尽くした。

豊臣政権下では小早川景隆は秀吉の信頼が厚く、五大老の一人に任命された。実子がなく、木下家定の五男で豊臣秀吉の養子（寧々の甥）となっていた羽柴秀俊（後の小早川秀秋）を養子として迎え、家督を譲っている。特に秀吉の信頼は高く、事実上毛利家の統率者であった。吉川広家から毛利が二つに割れ、輝元は西軍の総大将に祭り上げられたが、自分の意思ではなくお家存続の為、毛利家の言い伝えから戦場に行くことはないとのことも家康は情報を得ていた。

小早川秀秋は一五八二年（天正十年）、木下家定（寧々の兄）の五男として近江国の長浜に生まれる。一五八五年（天正十三年）に義理の叔父である豊臣秀吉の養子になり、幼少より北政所（寧々）に育てられた。元服して木下秀俊、のちに羽柴秀俊（豊臣秀俊）と名乗った。一五八九年（天正十七年）豊臣秀勝の領地であった丹波亀山城十万石を与えられた。一五九一年（天正十九年）、豊臣姓を与えられ、「丹波中納言」と呼ばれた。諸大名から、関白・豊臣秀次に継ぐ豊臣家の継承者であった。一五九三年（文禄二年）、秀吉に実子・豊臣秀頼が生まれたことにより、秀俊（秀秋）の運命が変わっていく。

秀吉の家臣である黒田官兵衛孝高から小早川隆景に、「秀俊を毛利輝元の養子に貰い受けてはどうか」との話が持ち掛けられた。毛利家の輝元の養子は秀元を、毛利家の後継として決めていることを豊臣秀吉に報告し、小早川隆景の養子に貰い受けたいと申し出て認められた。隆景は太閤殿下からの申し出であった為にしぶしぶ受けたが、どうも秀俊は器量として今一であった為、仕方なく受けたようであった。これによって小早川秀秋の誕生となった。

家康は大坂から上杉討伐の為に、奥州の会津に向かう途中で高台寺に立ち寄って、北政所（高台院）に協力の要請と表敬訪問をした。「わしが大坂を留守にすると、必ずや三成が挙兵するので、毛利家の小早川秀秋をわしに援軍させていただきたい」旨をお願いした。高台寺はまさに緑に包まれ、初夏の風情であった。高台院は家康を奥の書院に通し、遠路はるばる奥州の会津までの道程に、気を付けて行かれることを祈った。

高台院は微笑を浮かべて家康をもてなした。高台院の温かい微笑みに家康は心を良くした。夫であった秀吉は気配りと人垂らしの名人であったが、家康の会釈と気配りにこんなところも家康殿が持っているのかと思った。

「内府殿！　先ごろ秀秋が私に相談したいと暫くぶりで訪れ、毛利は二つに割れて、安国寺恵瓊殿から三成の応援を頼むと要請され、吉川広家殿は内府殿に味方をと要請されて、困り果てている様子でありました。

　あの子は私がこの手で育て上げ教育したので、何かに困ると相談にやってきました。私は豊臣家の家臣同士の戦いであり、秀頼はまだ五歳ほどの年で、秀頼の命令での戦いではありません。今の世の政治を司る人は家康殿以外ありません。また世が乱れて、争い事が絶え間なく起こります。家康殿に政治の仕置きを任せる方が一番と思います」高台院は事細かく秀秋に説明した。

「叔母上！　大変なご教示ありがとうございます。叔母上のお教え通りにいたします、と言って帰りました」。家康は高台院のその一言が嬉しかった。

「高台院様！　わしも秀頼様御為に、豊臣家の安泰の為に、頑張りますので、よろしく」と言って、大坂の土産物を置いて、帰っていった。

　家康は三カ月ほど前に、高台院に言われたことが頭から離れない。このわしに強力な援軍を迎え入れたことを高台院に感謝をしていた。これらの情報を下に戦の準備を綿密にし、抜かりなくしなければならない。家康は隠密裏に関ヶ原にもうあと一歩で届くところまで来ている。三成は何度も毛利の輝元に書状を送りつけて、出馬の要請をしている。しかし、彼は動こうとしない。

毛利の遺訓の中に騒乱に巻き込まれて、領国を失うことがないようにとの教育が徹底されていたので全く動く気配がない。吉川広家の情報通りであった。大毛利がそのように統制されてなければ、戦は我々の勝利になるといよいよ確信した。慎重な家康はそれでも戦を始めるに当たって、自軍（東軍）の動きと西軍の動きが、どのような状況になっているのか、我が軍に味方した諸将が寝返ったかを検証しなければならなかった。

いの一番に家康は福島正則の動きを聞いた。居並ぶ東軍の諸将は異口同音に「まず寝返ることはありません」といい、家康は安心した。九月十五日午前九時、関ヶ原は濃霧に包まれていた。両軍は一進一退、この霧では戦も出来ぬわ。霧が晴れるのを待つしかあるまい。お互いの諸将は同じ考えであった。関ヶ原は午前十時近くなると霧も少しずつ晴れて来た。今までは五メートル先も見えなかったが、目を凝らせば二十メートルぐらいは見えるようになった。徳川家康の本陣は桃配山に据えた。笹尾山の麓に本陣を置く三成の距離とは約四キロメートルぐらいであった。

東西、ほぼ布陣し、西軍の人数は十万人以上、東軍の人数は七万五千以上であり、西軍の人数の方が多かった。東軍は徳川軍が「厭《おん》離《り》穢《え》土《ど》欣《ごん》求《ぐ》浄《じょう》土《ど》」の八文字を大書した旗を霧の中に翻した。家康の宗旨は浄土宗である。現世（穢土）をきらい、死（浄土）を憧れるべきという意味である。この八文字を見れば自然に勇気がわき、死をも恐れぬ気持ちになってくる。

一方の西軍の三成の旗は「大一大万大吉」の六文字を翻した。勝利の運を呼びこむ現世利益を追求するもので、家康の旗は厭世的で悲観的な様相であった。人数の面からみると家康軍（東軍）は実に少ないが、西軍に与した南宮山に巣を作った毛利家の安国寺恵瓊や吉川広家、毛利秀元、長束正家、増田長盛等は総軍勢三万五千人を擁しても、動く気配がない。南宮山の頂上に毛利の吉川広家は軸足を東軍に置いているため、安国寺恵瓊や長束や長曾我部は動きが取れないでいる。なお、鹿児島の大名・島津義弘に関ヶ原の戦いで「山を下りて、東軍を襲撃してもらえないか？」と三成に要請されたが、「わしは豊臣家の家臣であるが、貴公に命令される筋合いがない」と島津義弘に反論されている。

関ヶ原の戦いにおいて、誰の目から見ても戦の陣形は西軍の方が絶対有利であった。しかしその陣形を組み立て、戦をしようとしているのは人そのものである。その人たちが命を懸けて戦うかが問題である。仕方なしに三成は戦が始まって、そんな議論をする余地が残されてない。島津義弘からその言葉を聞いて、三成は自ら戦場に打って出ていった。世の中とは何故このように人は上手く動いてくれないのか？　太閤殿下が生存している時は、他の大名達も命令を聞いてくれた。しかし、今は後ろ盾が居なくなると人とはこうも変わるものかと、三成は歯ぎしりした。

三成は西軍の事実上の総指揮官である。名目は毛利輝元であるが戦場に出ることもなく、自分でやらなければと三成は自然大将としての自覚が出て大谷吉継隊と共々必死になって戦い、宇喜多秀家隊が福島正則隊を追い詰め、崩れ去っているのを見て、加藤嘉明隊が救助し宇喜多隊の側面をついて出た。その為、福島隊の危機は去り、難を逃れた。現在の状況は西軍の優勢であったが、西軍は大谷吉継隊と石田三成隊と宇喜多秀家隊だけが戦っているだけで、後は傍観しているのである。

東軍は総数七万余が刀や槍を握って、敵に当たっている。家康は床几に座って、戦況を見ている。黒田長政隊や細川忠興隊も三成憎しの為、敵陣に入って奮戦している。老練な戦場巧者の家康は激動のさ中、敵もやりうると思いつつ、笹尾山に陣取っている小早川秀秋隊が今なお、戦況の推移を見守っている。家康は上杉討伐の為奥州へ向かう途中、高台寺に立ち寄って北政所を見舞う折、小早川秀秋は家康殿にお味方すると言っていたことが耳元に残っていた。

家康は床几を立って、松尾山に滞陣している秀秋が今なお動こうともしない。家康も腹も据えかね謀臣の井伊直政に秀秋の背後から、「大砲をぶち掛けろ」と大声を張り上げた。しかし、直政は大事を取って家康を諫めた。「上様！　ここは大事な時でございます。慌てずに辛抱する方がよいと思います」。しかし、家康は我慢が出来なかった。「あの小僧！　大砲でもぶっかけなければ、恐れをなして、出撃しないだろう。高台院様は我が方に味方するようにとの言い伝えであるぞ」と怒りをぶっつけた。直政も驚き、周りの諸将も仕方なしに家康の命令に賛同した。

小早川秀秋隊の近くに大砲の轟音と共に弾が落ちて、小早川秀秋はびっくり仰天した。小早川秀秋隊一万五千人はどよめき、「この大砲はだれが撃ち込んできたのか?」と異口同音に言って、秀秋隊も怯えていた。秀秋の諸将は「この弾は家康殿が撃ち付けたものであります」秀秋はとうとう家康殿が怒り出したかと言って、立ち上がった。秀秋は「北政所様は家康殿にお味方するようにとしかと伝えておくと申していたことが……」現実に大砲が我々に撃ち付けたことは家康殿がしびれを切ったものと秀秋は思った。

秀秋は北政所の甥にあたり、能力や知恵は普通の人より劣っているし、小柄で顔を見れば幼児のような締まりのない顔であった。なお、秀秋は心情不安定なところがあった。そのことも、今、この戦いがどちらが勝っているのか知りたかったが、山の上に滞陣していながら霧が晴れてきても戦いは東軍と西軍が入り乱れて、どちらが勝っているのかさえ分からない。黒田長政から使者が送られて、秀秋の動向を監視するために小早川陣屋に入った。

小早川秀秋は心情不安定な為、高台院から言われたことも頭にあったが、しかし、戦いが現在どちらに分があるかである。そのことに非常に関心があった。戦いは一進一退して、中々形勢が分からない。家康は床几に座ったり、立ち上がって、いらいらしている。それでも小早川秀秋は動こうとしない。大砲を撃ち込んで、一発を撃っただけでは小早川陣屋ではわからないであろう。家康は軍の参謀長に、「松尾山の秀秋陣屋に大砲をつるべ撃ちに撃ち込むことだ」と命令した。なお、「秀秋みたいな情緒不安定な馬鹿どもには恫喝が一番効くのだ」と大声で指図をした。

家康の一言で小早川秀秋隊は松尾山を駆け下り、大谷吉継隊の側面を突いた。大谷吉継隊は東軍の藤堂隊や京極隊との一戦を交えていたので、松尾山から秀秋隊一万五千人が駆け下り、吉継隊は不意を突かれ、ばらばらになり統制が利かなくなった。「殿！　小早川秀秋が裏切ったっ」と言って、吉継に大声で言った。輿板に乗っている吉継は目が見えない為、この戦で何が起こっているのかわからなかった。

吉継は自分の家臣のこの一言で、この戦は三成の、西軍の負けであると思った。吉継は聡明な武将である。「自分は病に侵され、目も見えぬ。武将として、最後の花を咲かせ、後世に無様な生き様だけは見せたくなかった。そうなれば、目の前の藤堂隊や京極隊をすて、小早川秀秋隊に急射撃を浴びせるように」と家臣に下知した。もうこれで何もかも終わりである。吉継は力の限り声を震わせ、「死ね！　死ね！　秀秋（金吾）は後世に汚名を残し、この裏切り者を突き崩せえ！　秀秋以外に目をくれず、秀秋を討て！」吉継の声が最後の力を振り絞って、全軍に響き渡るように、必死の叫びであった。

大谷吉継隊が死を決して、立ち向かう様は怖いものがない。吉継は鬼神化して、幾分小早川秀秋隊を押し返したが、兵力が少数になり、敵の数が多すぎて対応することさえ困難であった。吉継隊は敵の標的になり、もう戦っても無駄であり、「この輿板を下せ」と下知した。「金子を残らず出せ」と吉継は命じた。戦場での軍用金は小人頭が保管している。吉継は自分の身辺を守ってくれた士卒と残った家臣に分け与えた。「敗軍の将になった以上、我が軍全員が討死して何の益があるか？　生き延びよ。この金子で道中の費用にせよ」と命じ、吉継の側近に介錯を命じた。顔に布を巻き付け、目だけが明いているが、見えない。崩れた顔を布で巻いてあるが、顔から出る膿で変色している。その上、「我が首を敵に渡すな」吉継は武士として、敵将に首実検として渡すことに耐えられなかった。吉継はそう言い終わると、腹を開けて素早く腹を掻き切った。介錯を命じた側近が介錯する暇がなかった。吉継の首を陣羽織でくるんで、吉継の家臣が持ち去ったのである。

大谷吉継隊が総崩れに合い、武将達も奮戦しているが、小早川秀秋隊の攻撃には太刀打ちできずに戦場を退却している様子である。宇喜多隊も敗走して逃げ回っている。三成は有利にこの戦いを進めてきたが、小早川秀秋隊の裏切りによって、形勢が一気に変わってきた。「秀秋め！　太閤殿下に海の深淵より世話になった恩も忘れ、裏切った怨念を呪ってやる。この恨みを呪いつつ、秀秋を生かしてはおけぬ。秀秋めっ！」と叫びつつ、関ヶ原から姿を消そうとしていた。しかし、身体が激痛を帯び、思うように動けなかった。家臣に体を預け、佐和山城の方角に落ち延び、またの機会を得ようとした。三成はまだこの期に及んで、豊臣の天下を再現する夢を見ていた。

関ヶ原の戦いも家康軍（東軍）の勝利になった。戦いの決着がつくと、東軍は残党狩りを始めた。関ヶ原の戦場を西軍の武将を一人残さず捕まえる為、探し回っていた。その渦中にあって、島津義弘と豊久隊はすでに西軍は敗北し、あたりは敵の人馬でひしめいている。この光景を知って、この敵陣を退けて撤退するかを考えた。島津義弘は、背後は伊吹山の障害があり、前方は敵陣がうごめいている。東軍は戦勝で浮足立っている。戦の例で今までにないやり方をやることが、大きな教訓を残し、退却は敵に背を向けるが、敵陣に向かって進軍し、その敵を払いのけて疾風して退却を試みることだ。敵も驚き、何事かと思い、不意を突かれて、体勢を取る時間がない。我が軍の損害をできるだけ少なくするだけである。義弘の合図と共に兵力数千五百人が猛烈に敵中に向かって走り出した。突如として天候が急変した。島津義弘隊に天候が運をもたらした。地をたたきつけるような豪雨に見舞われ視界が遮られ、戦場は厭戦気分になる中その雨の中を南下し、反撃して伊勢街道に出ることが出来たのである。

島津義弘は敵中突破を無事果たして、徳川家康を恐れさせた。秀吉生存中の朝鮮出兵中に、明・朝鮮軍合計約三万人を島津軍七千人の寡兵で撃ち破り、徳川家康もこの戦果を「未曾有の勝利」として評した（『島津家文書』、これは誇張もある）。このことを家康は関ヶ原の戦い後、義弘自身や島津家の軍事能力に伝説性や英雄性を与え、島津家を取り潰すことも躊躇い、幕末まで心理的影響を与えていくことになったと伝えられている。

家康の元には戦勝の為に諸将の多くが祝賀にやってきた。黒田長政がいかにも策士らしく、いの一番に家康の前に進み出た。家康はこの戦いも豊臣恩顧の大名達が挙って東軍に傾いたのも長政の攻略によるものであることが分かっている。家康はわざわざ自ら進み出て、丁重に礼を述べた。次から次と諸将が挨拶にやってきた。福島正則も祝賀にやってきた。家康はいまだに小早川秀秋がやってこないことに不審を持った。家康の側近に秀秋に祝賀に来るように命令した。

家康軍の諸将も異口同音に秀秋のことを「あの馬鹿が自分の役割がなんであったか理解

していない」と騒ぎあっていた。家康軍の勝利は秀秋の裏切りがあったためである。秀秋が伏見城を攻めたてたように、もし、秀秋が西軍についていたなら、東軍の勝利はなかったであろう。それほどの役割を演じながら、秀秋の情緒不安定と冷静な判断力がないので、何をしてよいのか迷っていたようであった。

小早川秀秋は松尾山山麓の小早川陣に、家康の側近が祝賀の為に「上様がお礼の為に挨拶したい旨」を伝えると、子供のように喜び急いで支度をして、公達の装いで家康のところにやってきた。家康は「貴殿の働きによって、我が方が勝利を得た。有り難き幸せでござる」と丁重に挨拶した。秀秋はあまりの家康の慇懃な礼に動顚した。豊臣恩顧の諸将も秀秋の振る舞いに呆れた。秀秋は従三位中納言の官位である。その官位の格式もあるのだが、能のない者はどんな装いをしても、様にならないと揶揄していた。

家康は目の前にいる秀秋に「貴殿の今日の働きは我が軍の勝利に相成った。戦功は多大な手柄であった。貴殿の裏切りがなかったなら、この戦いも勝てなかったであろう。折角の働き、その上に、佐和山の三成の居城を攻撃する場合、先鋒を務められ、花を添えられたい」と言われ秀秋は恐縮した。家康からさらに三成の居城を攻める役割を担い、秀秋はこれで家康殿に報いたことが理解できた。

家康は関ヶ原の戦犯である石田三成と安国寺恵瓊と小西行長を捕らえた。家康は豊臣家の本拠地・大坂でこの戦いを冒した三人を縛り、馬に乗せ大坂の街を引き回し、これらの三人は徒党を組み、乱を起し、天下の平和を乱した者である。群衆が群がる中にあっては、罪状とは死を以て償うべきであると、大声で刑吏に読み上げさせた。大坂を引き回された後、京の町でも引き回され、一六〇〇年（慶長五年）十月一日に家康の命令で、六条河原で斬首された。京・大坂で引き回した上、三成以下三人を処刑したのは、これで豊臣の世は終わりを告げ、次は徳川の世だと世間に知らしめる必要があったからである。家康は手の込んだ芸当をしでかすことによって、徳川の世を演出しようとした。なるべく多くの大坂や京都の町民に理解させせようとしたに違いなかった。

関ヶ原の後

家康は関ヶ原の戦いの後、江戸にいて戦勝気分を味わったが、これで徳川の世が本当に到来し、一般の町民も受け入れているかどうかが今一不安であった。要は徳川の世をどのように構築していくかが問題である。しかし、まだ大坂には豊臣秀頼が六十五万石の大名として君臨する、厳然たる城郭が残っている。徳川家康は形式上豊臣家の家臣である。巷の噂では、まだ町民は徳川の世であると思っていなかったことが、家康を刺激したのである。家康は甲賀や伊賀の忍者を使い、京や大坂や江戸の町民たちが徳川の世の到来を歓迎していない様子であると聞いた。

家康は今後の対策として、側近である天台宗の天海・慈眼大師と臨済宗の金地院崇伝を呼んで、江戸幕府の政策に関与させた。天海和尚は出家した後、下野国宇都宮の粉河寺《こかわでら》の皇舜に師事して、天台宗を学び近江国の比叡山延暦寺や大和国の興福寺などで学びを深めたと言われている。家康の江戸幕府に関与した天海も栃木県宇都宮市にある寺（現在の栃木県庁になっている）で学んだことはいかに歴史の転換点に栃木県が深くかかわったかが分かってくる思いである。

金地院崇伝は外交僧として江戸幕府の政策に天海と同じように関与し、黒衣の宰相の異名を取った。外交関係の記録に「異国日記」がある。優れた学僧であったが、家康の後ろ盾により、権勢の大きさで方広寺鐘銘事件の強引とも思える政治手法をとり、当時の庶民から「黒衣の宰相」と称され、沢庵にも「天魔外道」と評されるほどだった。しかし、家康の死後後ろ盾を失い、天海にその地位を奪われたと言われている。権力者に近寄り、自分を売り込むために能力の限りを尽くし、自分の欲の為に相手に媚を売るのは今も昔も全く同じである。人の心は変わらないのである。

なお、林羅山（道春）は当時の学者・藤原惺窩に出会い、学問的に大きく惺窩の影響を受け、師の下で儒学を、さらに朱子学を学んだ。惺窩は傑出した英才が門下生になったことを喜び、羅山に儒服を送った。林羅山の優秀さに目を見張るほどのものがあり、惺窩は仕官を好まなかったので、一六〇五年（慶長十年）に羅山を推挙して徳川家康に会わせた。家康は惺窩の勧めもあり自分の側近として、羅山は才能を認められ、家康のブレーンの一人になった。一六〇七年（慶長十二年）に家康の命により僧となり、道春として仕えた。徳川幕府は天海、金地院崇伝、林羅山をブレーンとして政策に関与していった。

関ヶ原の戦いに勝利した家康は一六〇三年（慶長八年）、幕府を開くに当たって、天海の助言を参考にしながら、江戸の地を選んだとされている。天海は家康の命により伊豆から下総まで関東の地層を調べ、中国の陰陽五行説にある「四神相応」の考えの下に、江戸が幕府の本拠地に適していると結論づけたと言われている。ウィキペディアによれば、「四神相応」とは東に川が流れ、西に低い山や道が走り、南に湖や海があり、北に高い山がある土地は栄えると考えられた。天海は東に隅田川、西に東海道、北に富士山、南に江戸湾があったことから、江戸が四神相応に叶うと考えたと言われている。富士山は実際に「北」から約一〇〇度程ずれているが、富士山を「北」と見做したからだとされている。

また、天海は江戸にある上野、本郷、小石川、牛込、麹町、麻布、白金の七つの台地の突端の延長が交わる地に、江戸城の本丸を置くように助言したと言われている。陰陽道の知識により、地形の中心に周辺の気が集まることを狙ったと言われている。江戸城の場所が決定した後、藤堂高虎が中心になって、加藤清正や福島正則等が江戸城と堀の設計・施工をしたが、天海は実務的な作業工程とは別の思想や宗教的な面で助言して、江戸城の建設にかかわったと言われている。江戸城の工事は一六四〇年（寛永十七年）に終了するが、その途中で他の携わった関係者が亡くなったが、天海はなお存命しており、江戸の都市計画の初期から完成まで、五十年近くかかわったとされている。ちなみに天海は百七歳まで生きたと言われている。

天海は江戸城の内部を渦郭式《うずかくしき》という「の」の字型の構造にすることや、城を取り囲む堀をらせん状の「の」の字型に掘ることを提案したとされる。「の」の字型の構造は、城を中心に時計回りで町が拡大していくことを意図したものであり、その他、敵を城に近づけにくくし、火災発生時に類焼が広がることを防ぎ、物資を船で運搬しやすくし、堀の工事で出た土砂を海岸の埋め立てに利用するなどのメリットがあるとされている。家康は天海からいろいろ説明されて、自然の理に叶い、構造が末広がりになっていくことに納得したとされている。天海にはいろいろな逸話が残っており、また機知に富んだ人物でもあり、当意即妙な言動と僧としての職業を十二分に活用して、周囲の人々を感銘させたと言われている。家康はこの三人の僧によって、晩年、家康が望んでいたか定かでないが、随分と悪名高い権力者にされたようである。

関ヶ原の戦い後、家康はすべて戦後処理をして、豊臣恩顧の大名を連れて大坂城に秀頼に拝謁と報告の為にやってきた。上段の間に、八歳になる秀頼のそばに淀殿が並んで座っている。家康の後ろに福島正則、黒田長政、小早川秀秋、浅野幸長、山内一豊等が並んで平伏していた。先ず、家康が「この度の戦において、豊臣家の不忠義・三成を討ち、豊臣家の御為と安泰の為に、成敗いたしました」と報告した。

淀殿は家康と豊臣恩顧の大名達に向かって、まず、「面を上げよ！」と淀殿の甲高い声が鳴り響いた。「筆頭大老の家康殿も三成も同じ、豊臣の家臣同士の戦いである。内府殿の忠義、三成の忠義、福島正則の忠義、忠義にもいろいろある。福島正則や小早川秀秋等！　その方の働き、大した働きであったな。これからは秀頼を中心に内府殿共々忠義を尽くすように。福島正則、小早川秀秋！　その方の戦いぶり大した働きであると聞き及んでいるぞ！　故殿下に報告いたしておく」と厳しい言葉が跳ね返ってきた。福島正則はその言葉の威力に圧倒されて、何の返答もできなかった。しかし、家康は心の中で、煮えたぎるような憤りを覚えた。いつの日か、到来したらとの思いがあった。

徳川家康は一六〇三年（慶長八年）に後陽成天皇が参議・勧修寺光豊を勅使として伏見城に派遣し、朝廷より宣旨がおり、征夷大将軍に任命された。

同年三月十二日に伏見城から二条城に移り、三月二十一日に衣冠束帯を繕い、行列を整えて御所に参内し、将軍拝賀の礼を行い、年頭の祝賀も述べた。また、二条城で四月四日から能楽が行われ諸大名や公家衆を饗応して、これにて征夷大将軍徳川家康は長い間の夢であった武家の棟梁となる地位を実現させた。

関ヶ原の戦い後、約三年も過ぎ、家康は年齢六十二歳になり、最近とみに体重が増え、まわしさえ自分で締められない状態であった。秀吉が亡くなった年頃になり、自分も健康に注意し痩せることが長命に良いということを家康は知っていたのである。家康は若いころから医学に対して異常と思われるほどの関心があり、老いるにしたがってさらに医術に興味を抱き、世間一般の医者の考えの浅はかさを笑い、自分の健康法を実践していった。また、運動をすることと毎日規律正しい生活をすることが長命の基であると信じていた。

家康は毎日馬場に出て馬を走らせ、身体が前後に揺れ血行の循環を良くし、一週間に一度ほど鷹狩りをして野や山を駆け巡り、自然の空気を十分に取り入れて酸素の補給にもなった。暑さ寒さにもかかわらず山野を走り、筋肉を使い、手足の衰えの軽減をはかり、夜は疲労して快眠することに心掛けたと言われている。織田信長公は四十九歳で横死に見舞われ、太閤殿下秀吉は六十二歳で世を去っていった。彼らは自分の夢を抱きながら道半ばで完成できずに一生涯を閉じている。

家康は信長公や太閤殿下秀吉と比較して、「わしは信長公の様な天才肌ではないし、また、太閤殿下のような人垂らしで奇抜な策を講じて、人の度肝を抜いて攻略するほどの能力もない。しかし、わしには彼らにはない辛抱強さと忍耐強さがあり、人のいい面を真似、悪い面を反面教師として活かして行く能力がある。彼らのやってきた事を良く検証して間違いのないように今後の人生を歩まねば」と一人思っていた。

大坂や京都の都では家康はもう老齢であと何年ほどの寿命かとの風聞を耳にしている。家康が亡くなればまた、政権が江戸から大坂に移ってくると想像している豊臣の恩顧の諸将もたくさんいることであろうと思えるのである。

その根拠は大坂城に秀頼が健在であり、慶長八年に秀頼が十歳で正室を迎え入れたのである。その正室は徳川家康の孫娘・千姫であり六歳であった。千姫は徳川秀忠の子で、母親は秀忠の正室・お江である。お江は織田信長の姪で、近江の大名浅井長政の娘で、母親は長政の正室・お市であり、信長の妹に当たる。淀殿は浅井長政の長女で、お江は三女である。

そういう豊臣家と徳川家の関係が親戚であり、関ヶ原の戦い後、両家は婚姻を結んだのである。その為、家康が征夷大将軍を終えたのち、秀頼君に征夷大将軍を譲るであろうと一般の庶民でさえ感じていた。家康は豊臣家との婚姻をこの場で結ぶことによって、力ずくで天下を横取りしたとの印象を和らげようとした。故太閤殿下は世間の風聞を気にし、織田秀信（幼名・三法師）を岐阜城主にした。その後の豊臣政権の安定の為であった。権力者は世間を気にして、政権の基盤を安定させる気配りが必要である。今も昔も、時の権力者は世間の動向に左右されるのである。現代でも、時の権力者は内閣支持率を気にしている。

家康は長く将軍を続けていると自分が辞めたり、亡くなったりすると徳川政権の次にまた、豊臣政権が復活するのではと庶民や諸侯の大名達は考えるであろうと思うに違いない。この考えを改めねばならない。徳川政権は未来永劫に世襲されることを知らしめる必要がある。それには家康は将軍職を辞して、朝廷に嫡男・秀忠へ将軍宣下を行わせ、将軍職は以後「徳川家が世襲していく」ことを天下に示す必要がある。家康は一六〇五年（慶長十年）に将軍職を辞した。

四月十六日、豊臣秀頼に新将軍・秀忠と対面するように要請したが、淀殿に拒絶された。豊臣家に天下をゆずる意思がないことを無言で天下に公表してしまった。淀殿は激怒した。理由は秀忠が将軍宣下の日より前に、秀頼は内大臣から右大臣に就任したことである。新将軍秀忠が内大臣であるのに、秀頼は右大臣で格は一つ上である。この官位は江戸の家康がやっていることであった。淀殿にも言い分があった。淀殿は半狂乱になって、「主人（秀頼）が、家来（秀忠）の祝いに出かけてゆくという例がこの世にない」といい、一歩も引かずにヒステリックになって反抗した。

家康は道理において全く正当であるが、家康が秀頼の官位を上げたことにまさか反抗されるとは思ってもなかった。家康にすれば、「わしが天下人になって、新将軍・秀忠の就任にさえ理由を付けて反抗をしている。淀殿はいまだに主君は秀頼であり、徳川家は家臣であるとの思い込みを正していかなければならない」と家康は思っていたのである。家康が自分の書院で横になっていたところに、春日局がやってきた。彼女の父親は明智光秀の家臣であり、名は斎藤福で非常に教養があり、才能も豊かだった。公家の素養である書道・歌道等の教養を身に付けることが出来ていた。家康はその才能を見抜き、侍女として仕えることにした。「上様！　お疲れのようですから、肩など揉みほぐしましょうか？」とささやいた。家康は太った身体を横にして、春日局に身をゆだねた。

「上様！　豊臣家が新将軍に対面するに当たって、反抗することが徳川家および天下の秩序を乱すものでありましょう。その為に、上様にもしものことがあったら、対策を講じる必要がございましょう」家康は春日局の言うことももっともであると思った。嫡男の秀忠では徳川の天下を末永く保つ為の器量がないと思っていた。

家康は将軍職を辞した一六〇七年（慶長十二年）に駿府城に移って、「江戸の将軍」に対して、徳川幕府の大御所として、実権を掌握して江戸幕府の制度づくりや公家の諸法度、武家諸法度、諸宗派の諸法度を整備し、政治、経済、文化も後の江戸を考えての役割を作るための施策をした。家康は世間一般での「天下は持ち回り」という考えを改め、徳川家の将軍職の世襲を天下に公表したものであった。将軍職をこの秀忠に譲って、隠居した時に「大御所様」という敬称で言われるようになった。しかし、御所とは天皇の居所（皇居）を意味する言葉でもあり、その上、大を加えて用いることは天皇よりも上の者を意味するということで、当時でもその名に対して批判があったとの伝承もある。駿府城に移ってからも、政治の実権を握りつつ、現役将軍の権威を配慮しつつ政治を指導していった。このことを「大御所政治」と呼ばれた。秀忠が政治を実際に執り仕切るようになったのは家康の死後からである。

家康は駿府城に隠居していたが、家康の側近が御用伺いの為に大名諸侯や天海、金地院崇伝、林羅山等が日参して、家康の機嫌や政治の相談や豊臣家の処遇について意見をのべて徳川家の将来の為に進言しに来たようにして、徳川幕府の施策を作ることと自分を売り込むために天下人に媚を売っての振る舞いが多かった。家康は年と共に老い行く年齢に打ち勝とうとしているが、どんなに健康に気を使っても年には勝てぬと思っていた。しかし、大坂城の秀頼は年と共に身体が大きくなっていき、家康に恐怖を与えるようになってきた。

家康は太閤殿下の家臣であった片桐且元を秀頼の家老に任命をした。その片桐且元は賤ヶ谷の七本槍に数えられるほどの人物であったが、且元に秀頼のことを尋ねると「日に日に大きくなられ、勉学にいそしんでおりまする」とのことであった。他の諸侯からは「あまり人と話もせず、城内にいて淀殿に言われたままの生活を送っている」と聞き及んでいる。秀頼は馬鹿か阿呆か定かでないし、豊臣家の処遇をどうするか家康は計り兼ねていた。

大坂城には太閤殿下が残した金銀の財宝が残っている。その財力にモノを言わせて、時機到来すれば、自分に刃を向けてくるとも限らない。家康は本多正信の子の正純に言いつけて、豊臣家の財宝を消費するようにと指示をした。家康が一番恐れていることは天下の富の大半は大坂城にあることである。謀臣の正純は謀略を知恵のある限り尽くし、父・正信の血を受け継いで知るように、早速、豊臣家の家老・片桐且元に「市正殿！　淀の方は年老いて、ますます癇癪持ちになっていると聞いている。逆臣・三成に欺かれて、今の境地に成り果てている。それには由緒ある神社仏閣が荒れ果てている、それらの神社仏閣を再建すれば、功徳により、幼君秀頼様のご安泰が守れましょう」と教示し、そのように豊臣家に仕向けるように且元に教え、脅迫するように指示した。太閤殿下が健在な時など、正純などは且元に口も聞けなかった奴がと且元は思った。

時勢が変わると、人の心もこうも変わるものかと且元は心の中で思っていた。しかし、そのことを大野治長や大蔵卿局に言うべきか、且元は内心ばかげていると思いつつ、黙り込んでいた。正純に肩を叩かれて、「市正殿！　このことは上様からのお達しであるぞ！」と脅しをかけられた。且元は家康からと言われただけで、鼓動が止まりそうになってきた。且元は自分の名前を官命で呼ばれる時に限って、厳しい指令が待ち受けていた。正純は親の正信より腹黒いものを持っているように且元には感じるのであった。

且元は家康のお達しであるので、大蔵卿局と大野治長に相談した。大蔵卿局（大野治長の母・淀殿の側近）は随分年老いているので、神や仏にすがり、神社仏閣の修復を江戸の意向に従えば災いもなくなり、豊臣家の安泰の為にもなりましょう。彼女は江戸の企みのことを微塵も思わなかったし、神社仏閣の修復にそれほど経費が掛かるとも思っていなかった。そばで聞いていた治長も同調した。大蔵卿局が淀殿に告げたら、「江戸の隠居が何を考えているのか？　しかし、神社仏閣を修復することには同調できることだ」と疑いもなく淀殿は同調した。家老の且元はいろいろのことが江戸からお達しがあるとまた不安になってくる。且元は元々小心者であるから、江戸の意向にびくびくしていた。

関ヶ原の戦いで禄を失った十万人以上の浪人たちは、天下の城塞・大坂城に住む豊臣秀頼を担いで再起を図りたいという思いが強かった。秀頼はもう少しで二十歳になろうとしていた。時を同じくして、その浪人たちを豊臣家は雇い入れた。江戸の意向で次々と難題を突き付けられて、淀殿は次第に平常心を失っていった。豊臣家は徳川幕府への承認なしで朝廷に官位を奏請したので、家康は豊臣家が幕府に挑発行為をしているようなものであると思ったのである。この行為は幕府に楯突く行動であり、許すことが出来ない出来事であると家康は激怒した。

一六一四年、大坂城に大量に入城した浪人たちを一掃することと、豊臣家の転封（大和国）の承諾をすることが江戸の意向であると言い伝えて来た。また、本多正純が片桐且元にたくさんの浪人を召し抱えることは徳川家との戦いに備えてであり、また乱を起こそうとの企みと思えるのであるとの江戸の意向であると強く迫ったのである。江戸の意向が難癖を付けていることも且元はわかっていたが、そのことについて且元自身で決められるものでもない。所詮、大蔵卿局や大野治長に相談しなければならなかった。且元にすれば一難去って、また一難と難題が押し寄せて来た。

そこで、且元は高台寺の高台院（北政所）に相談に行った。高台寺の坂をあえぎながら上り、肩で息をしながら汗を拭きつつ辿り上り詰めた。道端には彼岸花が満開で咲誇っていた。この俺は江戸と大坂のはざ間で太閤殿下に世話になったが、江戸殿には脅迫されているようである。一日たりとも心の休まる日がない。門の前で息を整えながら腰を下ろして座っていた。二十分ぐらい休んで高台寺を訪れた。湖月尼公（北政所が髪を下してからの法名）は喜んで、且元を迎え入れた。

北政所は且元の訪問を不思議に思ったのである。且元からの要請には北政所は豊臣家を守ってくれることを願っていた。しかし、幾多の苦労を背負ってきた人達は苦難や挫折の連続でしかない。高台院はそれらのことは秀吉と共に天下人に上り詰めたので十分理解が出来ると且元は考えたのである。高台院は気さくに且元を迎え入れた。大坂城で振る舞っていた時と同じように全く変わりがなかった。且元にすれば落ちぶれて来た城塞の家老である自分を温かく迎えてくれたことが嬉しかった。まだ九月なのに夏を思わせるような陽気である。

「高台院様！　徳川幕府に相談もなく、朝廷に官位を奏請したことと、浪人どもを集めて、戦の準備をしているわけではないんですが、どうしたら良いか、いい提案があれば、ご教示いただきたいのですが？」高台院は座りなおしながら、「どうも淀殿は家柄が大名家（信長様）の出で、そのことの誇りを今なお持ち、家康殿は豊臣家の家臣であるとの思い込みが人一倍強く、自分の我を捨てることが出来ないのでありましょう。時勢が今までと違っていることを理解しなければなりません。そのように淀殿に伝えることですよ。織田信長様が天下人であった時と、我が夫・秀吉が天下人になった時と、今徳川殿が事実上の天下人になっている事を淀殿に良く知らしめないと、大きな間違いが起こるでしょう。どうも彼女は誇りが高すぎるのですよ。徳川家の一大名として従属することが今の豊臣家の生きる道でありましょう。私は淀殿に豊臣家の御為に、徳川家の下風に立つことが、今の豊臣家の生きる道であると伝えているのですよ。それには織田家と豊臣家との間に入って、織田有楽斎は淀殿の叔父にあたるので、その適任は有楽斎であり、頼むのが良いでしょう」

且元は当を得た教示であると思い、感謝して高台寺を後にした。その足で且元は京都に居を構えて風月を楽しんでいる有楽斎を訪ねた。年も六十歳を超えて茶人として余生を送っていた。且元は兄の信長のような気迫に満ち、大望を抱いた武将とまるきり変わった人生を過ごしている。兄弟で全く違った人生を歩んでいるのを見比べて、どうしてこのように違いが出るのかを不思議に思っていた。有楽斎の庵を訪ねて声をかけると、見るからに年老いた老人に見えた。有楽斎は暫くぶりで且元を見た。

「市正殿！　貴殿は何かに追われたように、おののいているようにわしには見受けられるが?」老境に入った有楽斎の眼力に且元は恐縮した。

「有楽斎殿に大坂城の淀殿を説得していただきたいので、是非、貴殿の姪にあたる方でありますゆえ、お力添えをお願いいたします」

また、またもめ事にこのわしを使おうとしているか、という目つきであった。有楽斎は茶を入れながら且元の挙動を見ていた。

「あの方(淀殿)は時勢が変わっていることが分からないので困ります。二度の落城を体験しているのに、未だに豊臣家の世であると錯覚して、権威だけを守ろうとしておりまする。わしなどは兄の信長殿や太閤殿下の時勢の世になれば、世に身をゆだねて生きておりまする。それに逆らっても、生きて行けないばかりか、被害が多すぎますが、どうも、淀殿は勘気が強くてなりません」

有楽斎の言うことは確かに的を得ているが、且元は自分の責任の為、はっきりと淀殿に伝えなければならないし、その結果を江戸に伝えなければならないと思っていた。

「どうか私と御一緒に大坂城にお伺いして、淀殿を説得することが、お家安泰の為になりますので、ご協力をお願い申し上げます」と且元は哀願するように言った。且元の姿勢があまりにも謙虚であったので了承をした。翌朝、且元と有楽斎は大坂城に入城した。入城するなり、且元と有楽斎は淀殿と対面した。淀殿は世をむげにもてあそんでいる有楽斎の説得と且元との対面は江戸の意向であり、本当に大坂の為に働いてないと思っていた。

「叔父上！　それに且元殿！　貴殿らの意向は江戸よりであり、全く豊臣家の御為でありませぬ。浪人を集めているというが、大坂城の警護であり、大和国に転封など、もってのほかである」と強い口調で怒鳴られて、二人とも大坂城を後にした。且元と叔父殿はヒステリックな淀殿では話にならない。このことを本多正純殿に連絡しようではないか。と有楽斎は且元に話をした。

早速、謀臣の正純は駿府城の家康に連絡した。あの業突く張りめが世の時勢も分からずに、何事につけこのわしに楯突く、可愛げのないおなごである。と家康は年甲斐もなく淀殿（茶々）に対して、というより豊臣家に対してむき出しに怒りをあらわにした。そこで家康は側近の金地院崇伝や林羅山（道春）や天海と協議した。金地院崇伝が「上様！　一六一一年三月に秀頼と上様の二条城の対面でさえ、淀殿はヒステリックに反抗して、豊臣の恩顧の大名、加藤清正、福島正則、浅野幸長等が命がけで間に入って、実現したことを思うと、また、何かにつけて、上様に刃向うことも考えまする」と悪謀を進言した。

儒者の林羅山（道春）は「太閤殿下が建立した東山方広寺の大仏殿が地震で倒れたままになったのを豊臣秀頼が再建したが、その造営も終わり、梵鐘の銘が入れられた時に、釣鐘に書かれた『国家安康』『君臣豊楽』の文字が家康を分断し豊臣家を繁栄させようとの呪いによるものだ」と決めつけた。周りにいた本多正純や天海達も悪謀も我々よりも数段上回っているし、この誉れ高い儒者がこういう見解を言い出すことに舌を巻いたのであった。この見解を崇伝も同調し、理由づけをして豊臣を攻めたてれば、世間も納得するに違いないと後押しした。

天海は「徳川家を未来永劫に繁栄させるためには、先ず懸念するものを一つずつ取り除いていかなければ、いつなんどき災いが起こるか、人智の知る術もないことが起こり得るから、この際に懸念されるものは根こそぎ取り除くことが徳川家の繁栄につながるものである」と付け加えたのである。それにはと金地院崇伝は「第一に淀殿を人質として、江戸へ送るか、第二に秀頼が江戸に参勤するか、第三に大坂城を出て、他国（大和国）に移るか」このうちのどれかを大坂方が選ぶかを話し合った。正純も自分が思っていたより悪辣な意見が出たことが、これらの僧達は知恵もあるが悪謀も人より長けていることに驚いていた。

以上のことを家康は黙って聞いていた。これらの僧達や謀臣の正純らも「わしが思っていたことより、悪辣な考えが次から次へと浮かんでくる。彼らの考えをまとめて、わしが実行することにすればよい」と内心家康は思っていた。これらのことを家康は謀臣の正純が、豊臣家の家老片桐且元に言いつけて、豊臣家の反応を探るように、「上様のお達しである」と申し伝えた。

且元はまたも、いやな役割を仰せつかり、「このわしは徳川家と豊臣家のはざ間で、何をなすべきか、すべてが難題を吹っ掛けられたものばかりである」。これをどう対処すべきか名案が浮かんでこない。この間、高台院様も、今は、事実上の天下人である家康殿の下風に立つことが、豊臣家の生きる道であると言われていた。しかし、いまの大坂城の権力者・淀殿は理解できないばかりか、未だに徳川家康は豊臣家の家臣であると思い、江戸の意向に逆らってばかりいることに、且元はなす術が分からない。どう理解させればよいかを考えていた。

正純の脅迫じみた言葉の裏に大御所の顔が鮮明に浮かんできた。且元は大坂城に上り、大蔵卿局や大野治長に江戸の意向を伝え、大坂城の主・淀殿に拝謁して江戸の考えを正直に伝え、判断を仰ぎたいと思った。淀殿と秀頼が並んで、且元は平伏した。且元は心臓の鼓動が激しく高鳴っていた。真実を告げることが一番いい方法であると思い、ありのままを伝えようとした。豊臣家の家老として君臨しているが、内実は両家の使い走りである自分が情けなく思えたのである。淀殿の甲高い声が頭上でなった。

「面を上げよ！」

且元は恐れおののいてゆっくりと顔を上げた。淀殿の顔を見ると鋭い視線が浴びせられた。

「江戸の意向は秀頼君が江戸に参勤するか、淀殿が人質として江戸に出向くか、大坂城を出て他国か大和国へ移るかの三か条のどれかを選ぶことが、今回の事を収める条件であるとのことであります」且元の言葉が終わらない内に、淀殿の癇癪がおきて、声が震えて、大声で喚いていた。且元も言い終わると額に汗がにじみ、疲れが出て来た。

「且元！　本当に、家康は今の言動を要求したのか？　家康からの意向か？」と問い詰められた。

「大御所様には会うことが出来ません。合わせてもらえずに、正純殿からの下知であります」淀殿は取り乱して、平常心でいられなかった。大坂城の家老でありながら、「何の役にも立たぬのか？」とさらに鋭い言葉が帰ってきた。

側で聞いていた大蔵卿局と正栄尼（豊臣秀頼の乳母）に下知した。

「この者では何の役にも立たぬ。その方が駿府城に行って、家康殿に直接対面して、話を聞いてくるように」との淀殿の意向であった。

早速、大蔵卿局と正栄尼とが護衛を連れて、駿府城の家康に意向を聞きに行った。大蔵卿局が言うには「遠いところのお出掛け、ご苦労であったと、終始笑顔を絶やさず実に機嫌がよく、鍾銘事件のことも少しも触れずに、秀頼は将軍・秀忠の娘婿でもあり、いささかも心配ご無用でござる。そのうえ、両家共々今後ますます栄えますますことを」と言って、私たちを温かく帰してくれたことを淀殿に報告した。

淀殿は家康に直接会った大蔵卿局の報告を信じた。豊臣家の家老片桐且元を徳川家の走狗であり、淀殿はますます不信になり、ものすごい剣幕で怒鳴り散らしたので、大坂城に留まっていると自分の命も不安になり、大坂城を出ていった。且元の報告は徳川家と示し合わせて、豊臣家を陥れようとの魂胆であるに違いないと淀殿はすっかり信じ込んでしまった。こうして淀殿の信頼を失った且元は大坂城を退去する運命になった。淀殿も得体のしれない運命に翻弄されていくとは夢にも思わなかった。家康の筋書き通りに、事が運んでいくことに、一人家康はほくそ笑む。これで豊臣家が内部分裂して、収拾がつかなくなるであろうと読んでいた。家康はこれから次なる一手をどう打つか、早く、手を打たなければ、自分も年が七十五歳を超している。

家康の仕掛けた罠であることを誰も知らなかったのである。

豊臣家討伐を目論む家康は方広寺の大仏の再建や他の神社仏閣を再建させる事から始め、莫大な金（財宝）を消費させ、且元の報告こそが真の要求であるのに、それを無視して且元を追放することは幕府に対する反抗であることに間違いなしとして、大坂城攻撃を決定することになるのである。この情報を高台寺で髪を下した、湖月尼公（高台院・北政所）は聞きつけて、早速大坂城に出向き、淀殿を説得したが、淀殿は頑として聞き入れてくれなかった。淀殿は苦労をして一歩一歩階段を上がるように地位を獲得した訳ではない。夫・秀吉の側室になって、豊臣家の実権を掌握すると秀吉の生存時と同じように、諸侯の大名も頭を垂れて、淀殿の意向に従うとの思いが強いと、湖月尼公は察したのである。

湖月尼公は秀吉と共に、当初はあばら家に寝起きして地べたに額をこすりながら、今日の姿になることが出来たが、淀殿は二度の落城を体験して、この上ない悲惨さを味わったとはいえ、下積み時代の苦労と人の温かさや冷酷さや、人は利に左右されやすい動物であり、人との交わりは喜怒哀楽が付きまとい、その時々によって変幻自在に変わり、人間は「万事塞翁が馬」であることも分からずに過ごしてきたと思われるのである。言葉でわからせようとしても、淀殿は理解できない。

淀殿と自分の確執もあったが、淀殿が側室になった時より、子をもうけた時から態度が変わってきて、もって生まれた性格が強烈に出るようになった。淀殿は秀吉の側室になった時、秀吉を恨み、何かにつけて反抗をし、いつの日か仕返しをしようと思っていたに違いなかった。側室になったことも、秀吉の権力によって、ねじ伏せられての結果であった。秀吉は柴田勝家と賤ヶ谷の戦いで、養父の勝家と母親・お市殿が自刃したことは秀吉の野望の為であり、秀吉を恨んでいたことは間違いがないと大坂城で共に暮らしていると女の直感で北政所は判るのである。

なお、湖月尼公は年老いるにしたがって、若い時は感情が先立って確執を生み、絶えず争いになるが、今思うと、夫・秀吉と共に巨大な大坂城を作り上げ、自分が亡くなった後も後世に残ればと思っているのである。

秀吉は側室を何十人も持っていたが、誰一人として子が生まれなかった。しかし、淀殿には二人が生まれた。しかも、年老いてからの子である。秀頼は秀吉が五十八歳を過ぎた時の子である。「湖月尼公」は秀吉に子種がなかったのにと疑いたくなったのである。

夫・秀吉の野望に翻弄されつづけた淀殿は秀吉が天下人になり、その上、側室にされて、秀吉に復讐するには他の人の子をもうけることが一番の仇討ちであり、同時に淀殿の欲望も満たされ、自己満足するに違いないと「湖月尼公」が考えたのである。一つには石田三成がいつも太閤殿下秀吉の側近であり、秀吉の動向が手に取るように分かり、淀殿も三成も近江生まれであり、二人には意思の疎通が出来ていたことが考えられる。二つ目には石田三成が豊臣恩顧の大名の中で、何もかも命に代えても、豊臣家の筆頭家老の家康を相手に敢えて楯突く理由がない。三つめは秀頼が生まれた時、秀吉が五十八歳であり、ちょうど秀吉が大坂城を留守にして、朝鮮出兵中の諸大名に命令して、九州と大坂の往復で非常に多忙な日のなかだったことである。秀頼の誕生の十カ月十日前はちょうど九州の名護屋に滞陣して朝鮮出兵中の諸侯に下知をしていた時期に重なるのである。そこに淀殿の野望は三成なら、どうにでもなることに秘策が隠されていたと北政所は考えていた。

大奥には淀殿の意向がなければ入れない。秀頼が成人になるにしたがって、身体が大きくなって、どう考えても夫・秀吉に全く似ていない。体の骨格が秀吉に似ていないし、顔も似ていないことでも、理解できるのであると湖月尼公は思っていた。秀吉の死後、秀頼の後ろ盾を利用して、淀殿は大坂城の実権を掌握して、自分との溝も深くなったが、何かにつけて反抗心をむき出しにしてきた。家康殿が私にやさしく接触して、豊臣恩顧の大名を味方につけるように要請されて、自分もその意向に沿う形で、協力を惜しまなかったが、秀頼が幼少で天下の政治を司ることが出来ないので、筆頭家老の家康殿を立てることが、豊臣家の安泰であると思ったのである。

淀殿は自分の立場をはき違えて、三成の意向に従って、諸侯の大名を秀吉が生存時と同じように振る舞っていた為に、強烈な反発を招き、豊臣恩顧の大名が挙って、家康殿を支援したのであろうと思うのである。しかし、関ヶ原の戦い後、家康殿の態度が少しずつ、変わってきた為に、北政所と秀吉が作り上げた城郭が失われたりしたら大変なことになるので、淀殿も徳川家の下風に立つように説得したが、自分の意向が分からず、時勢の変化に馴染めない質が災いをもたらすのであろうと考えられるのであった。豊臣家の衰退を目の当たりにして、淀殿に協力を惜しまず、互いに手を差し伸べて守ることが自分たちの生涯の作品（大坂城）を残すことが出来るものであると北政所は思っていた。しかし、淀殿は時勢の変化に対応する能力がない。秀吉が天下人になっている時のつもりで、諸事について、諸侯に下知をして、大坂城で誰の意見も聞かずに、政治をほしいままに行っていることが恐ろしいのである。

大坂城の冬の陣・夏の陣

徳川家康は一六〇三年（慶長八年）三月二十四日に伏見城で征夷大将軍に就任し、江戸幕府を開き、江戸城を始め普請事業を行い、徳川政権作りを始めた。家康は織田信長公や太閤殿下秀吉や源氏・平氏等の如き、短期的な政権運営ではなく、徳川家を中心とした長期的かつ安定した政権を作ることが、彼の目標であった。家康は信長公や秀吉の如き、きらびやかな才能がないことを自覚していた。その為に、優秀なブレーンを集めて、彼らの意見を聞き、それを参考にして実行に移していった。前にも述べてきたが、天海僧や金地院崇伝や林羅山（道春）等のブレーンにより、いろいろな意見を出させて、よりベストな政策作りをしていった。

家康は事を急がず、着実に世間の風聞に耳を傾け、間違いのないように事を運んでいった。家康が征夷大将軍に就任してから、同年の七月に、家康の孫・秀忠の娘である千姫が太閤殿下秀吉の遺言に基づき、子の豊臣秀頼に輿入れして、縁を結んでいった。今なお、豊臣家の存在が別格的であり、豊臣家を服従させるか、それに反抗したら、理由を付けて処分する事を考えていた。家康は将軍職を辞して将軍職を秀忠に譲り、自分の官位であった右大臣を秀頼に譲ったのである。将軍就任時の秀忠の官位が内大臣であったが、秀忠の将軍職継承は豊臣家ではなく、徳川家が君臨することを内外に示すものであった。

一六〇五年（慶長十年）五月八日に秀頼に対して、臣下の礼を取るように高台院を通じて、豊臣家に友好的な対話を求め、淀殿に要求したが淀殿は会見を拒否した。この件は加藤清正や浅野幸長、福島正則等が厳重な警戒の下でなされたものである。二条城会見により、豊臣家と徳川家が融和したと思われたが、その後、浅野長政、堀尾吉晴、加藤清正等が相次いで亡くなった。また、一六一三年（慶長十八年）には、池田輝政、浅野幸長等が亡くなっていった。相次いで、豊臣家に思いを寄せる諸侯が亡くなり、豊臣家に助言や相談する人達もない中、豊臣家は孤立していった。その為、幕府に無断で朝廷から官位を受けたり、兵糧や浪人を集めて、徳川幕府との対決姿勢を出していった。

方広寺鍾銘事件が起こり、金地院崇伝や林羅山や天海が幕府にいいように理屈をつけて、大坂城攻撃の糸口になったのである。片桐且元が豊臣家の家老として、両者の間を奔走するが、その調停も徳川家のからくりであった為に、豊臣家から「不忠者」の烙印を押された。これ以前に、且元は秀頼から一万石加増された時に徳川家康に謀り、これを辞退したが、家康の命令で拝領したのである。片桐且元は豊臣家の家臣でありながら、徳川家の家臣でもあった。豊臣家が且元を処分したことが家康に口実を与える結果になっていった。金地院崇伝や林羅山や天海は鍾銘事件を収めるについて徳川家から豊臣家に出された三カ条の一つを選ぶことを条件にした。第一に秀頼を江戸に参勤させること。第二に淀殿を人質として江戸に伺候すること。第三に秀頼が国替えに応じること、とした。これを淀殿は激怒して、さらに浪人や兵糧や真田幸村や長曾我部盛親や後藤又兵衛等を集め出して、戦の準備を始め出したのである。家康はブレーン達がよくも方広寺の鍾銘事件を解読して、理屈が合うように仕向けたことに、理屈とはどのようにも成り立つもので、屁理屈とトリモチはどこへでもつくものであると感心もしたのである。家康は太閤殿下が小牧長久手の戦いにおいて、小競り合いだが我が方が勝利を収め、暫く両者のにらみ合いになったが、全国の諸大名を前に、一時も早く全国を平定するために、「このわしに大坂城で諸大名の前で、臣下の礼を求めるために、太閤殿下は自分の母親を人質に出すことまで」に、折れてきたことを思うとその苦労も、今にして家康は解ってきたものであった。

家康はその時と今の状況を比べて、今は、豊臣家は関ヶ原の戦い後、凋落してわずかに六十五万石の大名に成り果て、我が方の意向でどうにでもなる状況である。しかし、いかに凋落したといえ、元の天下人の子が悠々と大坂城で体力も日増しに大きくなり、秀頼が元の諸大名を糾合して、天下を狙う魂胆も考えられると家康は思っていた。源氏が平氏に滅ぼされて、伊豆に流されて、再び天下を取り、鎌倉幕府を開いた例がある。人はどのようにでもなり、一念発起してまた、徳川幕府が倒される運命になっていくことを考えると、わしは死んでも死にきれないとの家康には思いがあった。

もし、豊臣家が我が方の要求を呑めなければ、その理由によって、豊臣家を攻め滅ぼさなければならないと思っていた。それには関ヶ原後、すでに十五年の月日が経っている。自分も七十五歳である。諸事健康に気を付けているが、いつ、寿命が尽き果てるかは人智の知るところではない。自分の目の黒い内に、行く末を（徳川家）、しっかり作らなければならない。太閤殿下は死の直前に、全国の諸大名の前で、誓紙を取り付けて、秀頼を中心に、忠義に励むようにしたが、自分でさえ、全くそのことを反故にした。今までの慣例を手直しして行かねば、徳川家も安泰ではないと思えるのである。

ちょうど、時を同じくして、方広寺鍾銘事件が起こり、僧の金地院崇伝や林羅山等が「国家安康」「君臣豊楽」の銘文を彼らが解読して、我が方に有利に解釈して、豊臣家に言いがかりをつける元になった。側近には優秀な者を置くことが、お家の繁栄になるものと思った。自分には釣鐘の銘文に気が付かないばかりか、解読もできなかった。それ故、豊臣家を攻撃する理屈が出来上がったのである。

平穏に暮らしていると、関ヶ原後、すでに十五年が経っている。豊臣家を攻撃する大義名分がない。大義名分がない戦いは町民から受け入れられないし、徳川家の世を末永く繁栄するためにも大義は必要であった。自分も七十五歳になり、いつまでも相手の蹉跌を待っていられないと家康は思ったのである。

次から次へとくる徳川家の要求に、豊臣家の淀殿は激怒して、彼らの要求をすべて拒否したのである。一六一四年（慶長十九年）に大坂城の豊臣家では関ヶ原の戦いで、無数の浪人が明日の職を求めるもの、またこの際徳川家との戦いで乾坤一擲手柄を立てて、自分の夢をかなえるため、豊臣家に旧恩ある諸侯を糾合して戦の準備に着手した。兵糧の買い入れを行い、大坂にあった徳川家を始め諸大名の蔵屋敷から蔵米を接収した。秀吉の残した莫大な金銀を用いて全国から浪人を集めて召し抱えたが、諸大名には大坂城に馳せ参じるものはない。何故なら、すでに徳川の世になり、十五年の年月が揺るぎないものになっていたからだ。浪人たちは当座の食の為に群がっただけである。ただ福島正則は秀吉や北政所に手塩にかけて教育されたので、蔵屋敷の兵糧を豊臣家が接収するのを黙認したのは旧恩に対する恩返しの為であった。その行為が正則のせめてもの救いと関ヶ原の戦いで石田三成憎しの為に矢を向けたことが、徳川の世になったことの後悔があった。

豊臣家は籠城の為に武器の買い入れ、城郭の修理や櫓の修理などを行った。寄せ集めた浪人達の総兵力は約十万人であった。関ヶ原の戦いで敗れた武将は真田幸村、長曾我部盛親、後藤又兵衛、明石全登、毛利勝永等がお家取り潰しなどに遭い、徳川家への復讐に燃える者やこの戦いで一旗立てて、豊臣家と共に再起を図る者、討ち死に覚悟で豊臣家への忠義を掛ける者、様々な者たちの烏合の衆に過ぎなかった。血気盛んだが、戦場で経験のない豊臣の家老大野治長が指揮を執ったので、統制が取れなかった。

豊臣家内部では二つに割れていた。豊臣家の家老・大野治長を中心とした籠城派は太閤殿下が作り上げた城郭はどんな攻撃にも耐えられ、二重三重の堀で固められた巨大な惣堀と、防御設備で固められた巨大な城郭に立て籠もり、徳川家康軍を迎え討ち、疲弊させる作戦であった。もう一つには九度山で蟄居していた真田幸村達の主戦派は先ず、畿内を制圧し、徳川軍と西国の諸大名とを遮断して、近江国の瀬田川まで進軍して、関東から進軍してくる徳川家康軍を迎え討ち、足止めしている間に諸大名を味方につける方策を提案した。しかし、その見込みがない時には大坂城に立て籠もり、二段構えの作戦を主張した。しかし、家老の大野治長は大坂城の生え抜きであり、淀殿に一番近い側近で、戦場で働いてきた実績がないだけでなく、武功もなかったが、長い間大蔵卿局と共に大坂城の主・淀殿に信頼されていたので、浪人達である真田幸村や後藤又兵衛や毛利勝永等の案は退けられた。

徳川家康は強力な兵力を率いて、大坂城に向けて出発した。家康は元気はつらつとして、指揮を執っていた。豊臣家がいくら浪人どもを集めても、我が方に勝てる見込みがないと内心思っていたので、元気が出たのかもしれない。徳川幕府軍は動員した兵力は約二十万人を超え、物量や兵力において豊臣軍の浪人どもと比較して、はるかに優っている。万に一つも負けることがないと思っていた。家康は藤堂高虎と片桐且元に先鋒を命じた。片桐且元はほんの少し前まで、豊臣家の家老であり、徳川家の家老であった。その且元に先鋒を命じている家康の魂胆は腹黒さを感じるのである。ただし、福島正則や黒田長政等は江戸城に留め置きに命じられた。何故なら、福島正則や黒田長政は関ヶ原の戦いでは東軍・家康軍の勝利に尽力したが、これらは石田三成憎しの為で、三成討伐が主力であった為である。今度の豊臣家との戦いとなれば、敵方（豊臣家）に寝返る可能性が考えられるのである。家康という武将はそこまで慎重に事を運び、齢七十五歳にもなると失敗が許されないのである。江戸城に留め置きされた大名も、その子らが大坂城攻撃に参戦している。

豊臣軍が籠城した大坂城を徳川軍約二十万の大軍を以て包囲した。家康は茶臼山に本陣を置き、大坂城に五～六町から十町まで接近していった。この接近に豊臣方の挑発に乗り、包囲戦における最大の攻防戦である真田丸・城南の攻防戦において、豊臣方が徳川軍を撃退し、大きな損害を与えた。将軍秀忠は徳川軍が撃退されたことを知り、激怒して大坂城の総攻撃を進言した。関ヶ原の戦いで秀忠は遅参して家康にお咎めを受けたことに今度こそ報いようとの気概があった。しかし、家康は秀忠を諫め、「敵を侮ることを戒め、戦わずして勝つことを考えよ」と諭した。家康は豊臣軍と講和をすることを考えていた。

講和をするには策を弄しなければ講和に漕ぎつけない。大坂城の主は女の淀殿であり、轟音をとどろかせて、鬨の声を上げて、鉄砲や大砲を射撃して、敵に恐怖と不眠を誘うことであると家康は思ったのである。徳川軍から一斉砲撃が始められた。砲撃は国友製三貫目の大砲が用いられた。この大砲の実物は現在、靖国神社の遊就館に奉納されている。徳川家康は豊臣家が執拗に反撃することに苛立っていた。徳川軍は投降を促す矢文を送ったり、鉱夫を使い土塁・石垣を破壊するための坑道の掘削を始めた。豊臣方も徳川方の砲撃に対して、激しく銃撃して対抗しているが、物量豊富な徳川軍に次第に劣勢になっていくことは否めず、和議に応ずることになるのである。豊臣方は兵糧や弾薬の欠乏と徳川方が仕掛けた心理戦と大砲で櫓や陣屋等に被害を受けて、浪人や豊臣の将兵は疲弊し、徳川軍の大砲が本丸への砲撃で天守閣に当たり、淀殿の侍女八名が死亡した。「大坂城は未来永劫、大砲の攻撃により、耐えうる城郭である」と言われていたが、あまりに壮絶な光景をみて、淀殿は和議に応ずることになった。

徳川方の京極忠高の陣において、徳川家の謀臣本多正純と阿茶局、豊臣家の使者として派遣された淀殿の妹である常高院との間で講和条件が合意され、誓書が交換され和平が成立した。講和の条件による内容は徳川家側では、

一、本丸を残して二の丸、三の丸を破壊して、外堀を埋めること。

二、淀殿を人質としない替わりに大野治長や織田有楽斎より人質を出すこと。

豊臣家からの条件は、

一、秀頼の身の安全と本領の安堵。

二、城中の諸子についての不問。

を条件とした。これによって、和議が成立した。大御所家康や将軍秀忠は諸将の砲撃を停止した。秀頼や淀殿の関東下向を行なくてもよいことにした。淀殿や秀頼はどんな決定がなされたか、気が気でなかったがその決定に安堵した。

和議が成立して、いざ外堀の埋め立てが始まると徳川方が徹底的に埋め立てを実行していった。工事は地元の住民を動員して突貫工事で外堀を埋めた後、二の丸も埋め立てを始めた。二の丸は埋め立てに相当な時間と労力を要し、周辺の家・屋敷を破壊して埋め立て工事を強行した。家康は駿府城にいても、埋め立て工事の進展が気がかりで何度も徳川家の諸将に連絡させることを忘れなかった。豊臣家は「二の丸の埋め立ては和議の条件に反している」と抗議したが、徳川家は、工事が進んでないので、手伝いと称し、家康も何時もの老齢で和議の判断は二の丸についても埋め立てることであると言い訳して、のらりくらりとしているうちに工事が終わってしまった次第であった。

家康は大坂城・冬の陣において、一番徳川軍に大打撃を与えて、徳川軍におびただしい死傷者を出して、撤退に至った真田幸村のことを考えた。真田幸村（信繁）は豊臣秀吉が生前に築城の際に、大坂城の唯一の弱点であったと言われていた三の丸南側、玉造口外に真田丸と呼ばれる出城（三日月形）を築き、鉄砲隊を用いて徳川軍を挑発し、先発隊に大打撃を与えたことが頭から離れないでいた。真田幸村の武名はこの戦闘で天下に知らしめることになったのである。家康は冬の陣の和議の後、この難攻不落の真田丸を真っ先に取り壊し、後顧の憂いを無くすことを考えたのである。その上、豊臣方の弱体化を図る家康は一六一五年（慶長二十年）二月に、使者として幸村の叔父にあたる真田信伊を派遣し、

「幸村に十万石を与える旨」を条件として、寝返るように説得した。しかし、幸村はこれを断った。また家康は再び信伊を使者として、幸村に「信濃国一国を与える」と破格の条件を示したが、幸村は自分が不遇である時に、豊臣秀頼君がこの私を迎えいれてくれた。このご恩に報いなければならないし、「士は己を知る者の為に死す」と言って、頑として首を縦に振らなかった。

この間、徳川方は豊臣家の浪人が退城しないことについて不信感を抱いていた。徳川方が浪人どもについて不問にし、助命をしたにもかかわらず、豊臣方は浪人どもを召し抱えても良いという考え違いがあったので、家康は人の恩も忘れて、わしの意向に逆らうとして激怒したのである。和議成立後、つかの間の和平も一六一五年（慶長二十年）三月に大坂の浪人の乱暴、狼藉、堀の修復、京や伏見の放火といった不穏な動きがあると京都所司代・板倉勝重から駿府城に一報があり、徳川方は浪人の解雇か、それとも豊臣家の転封を要求した。

四月には豊臣家の家老・大野治長の使者が来て、徳川家の要求である豊臣家の転封の件には応じられないと申し出た。すると家康は常高院を通じて、「其の儀において、是非なき候」（そういうことならどうしようもない）といい、もう一度豊臣家を討伐することを徳川家の諸将に命じた。この時の徳川家の軍勢は十五万五千人になり、二手に分かれて大坂城に向かわせた。家康はこの二手のほかに紀伊の浅野長晟に南から大坂に向かうように命じた。この戦いはすでに大坂城を丸裸にしていたので、今までのどの戦いよりも容易であると考えていた。五月五日に家康は京を出発した。その際に自軍にも「三日分の兵糧で十分である」と命じたことでもわかる。

豊臣方も徳川方と交渉に当たっていたが、大野治長が襲撃されて交渉が決裂した。その為豊臣方は開戦は避けられないと思い、金銀を浪人衆に分け与えて戦いの用意に着手した。その上、浪人達は埋められた堀を掘り起こして要塞化を図っていた。多くの浪人はもはや勝つ見込みがないと判断し、武器を捨てて大坂城を去るものが続出した。豊臣方の総兵力は七万八千ぐらいに減少をした。真田幸村や毛利勝永等は家康の首を取るべく、自らの最後の人生をかけて、乾坤一擲、戦いに臨んだ。毛利勝永は一般によく知られていない。勝永は毛利勝信の子として、一五七七年（天正五年）に尾張国に誕生した。大坂夏の陣に真田幸村と共に大活躍をした武将である。父・勝信は豊前国小倉六万石、勝永は豊前国内一万石を与えられ、豊臣秀吉の計らいによって、秀吉が最も信頼を寄せている中国地方の大名毛利氏と同じ姓に改めている。一五九七年（慶長二年）朝鮮出兵に従軍し、明・朝鮮連合軍戦で戦功を上げた。関ヶ原の戦いには勝永は毛利輝元の家臣と共に安国寺恵瓊の指揮下に置かれた為に、恵瓊は戦中に様子見をして活躍する場がなかった。毛利勝永は関ヶ原後改易となり、父・勝信と共に山内一豊に預けられた。一六一四年（慶長十九年）、豊臣秀頼から招きを受け土佐から脱出した。大坂城に入城した毛利勝永は豊臣家の譜代大名ということで諸将の信望が厚かった。大坂冬の陣では真田幸村等と共に出撃策を進言したが入れられなかった。夏の陣では戦闘が始まると、徳川家の諸将等を瞬く間に討ち取り、続いて浅野長重、榊原康勝、仙石忠政、本多忠純等の武将を次々と撃破し、ついに徳川家康の本陣に突入するという大活躍を見せた。しかし真田隊が壊滅して戦線が崩壊すると、一斉に徳川勢の攻撃を受けた為、撤退を余儀なくされた。その撤退においても勝永の指揮ぶりは際立っており、藤堂高虎隊を打ち破り、細川忠興等の攻撃をかわしながら大坂城内へ撤収した。大坂の陣が近いことで、豊臣秀頼からの招きにより、毛利勝永はある日妻子に向かって、「自分は豊臣家に多大な恩を受けており、秀頼公の為に一命を捧げたい。しかし、自分が大坂方に味方すれば、残ったお前たちが災難に遭うだろう」と涙を流したという。これを聞いた妻は「秀頼様の為、秀吉公の御恩に報いることは我が家の名誉です。残る者が心配ならば、私たちはこの島の波に一命を絶ちましょう」といって、戦場に向かう勝永を励ましたと伝えられている。勝永は喜んで一計を案じ、子・勝家と共に大坂城に馳せ参じた。このことを聞いた家康は「勇士の志、殊勝である。妻子を罪に問うてはならぬ」と命じ、勝永の妻と次男の太郎兵衛は城内に招かれて、保護されたという。（『兵家茶話』『常山紀談』)
真田幸村や毛利勝永等は死を決しての戦いで、天王寺・岡山合戦は戦国の世に最大にして最後の戦いであり、今までに例のない兵力と銃撃が集中して大激戦になった。豊臣方の真田幸村は六文銭の旗をなびかせ、徳川家康のみの狙い撃ちを目的に死を恐れず、家康本陣に向けて中央突破を図る計画だった。その為に家康・秀忠本陣は大混乱に陥った。しかし、兵力に勝る幕府軍は次第に混乱状態から回復し、体勢の立て直しをした。幸村等の必死の戦いもむなしく、豊臣方は多くの将兵を失って壊滅した。絶望的な状況の中、唯一戦線を維持し続けた毛利勝永の指揮により、豊臣軍は城内に総退却した。本丸以外の堀は埋められ裸同然となって、城郭に攻め入る徳川方を防ぐ術がなかった。真田隊を壊滅させた松平忠直の越前勢が一番乗りを果たしたのを始め、徳川方が城内に続々と乱入して、大坂城の内部の者に放たれた火に天守閣も燃え上がり、大坂城は陥落した。燃え上がる炎は夜空を照らし、京からも真っ赤に染まる大坂の空の様子が見えたと言われている。翌日、千姫が脱出されたが、彼女の助命嘆願もむなしく、秀頼と淀殿等は毛利勝永に介錯されて自害した。毛利勝永は守護していた豊臣秀頼と淀殿を介錯後、息子の毛利勝家と共に蘆田矢倉で腹を切って自害したという。当時、大坂城・冬の陣・夏の陣の戦いを見聞した宣教師は「豊臣軍には真田幸村と毛利勝永という武将がおり、凄まじい気迫と勇気を奮い、何度となく猛攻を加えたので、敵軍の大将・徳川家康は色を失った」と報告したという。『山本豊久私記』の記述にも見える。

一方の東山の麓の高台寺の湖月尼公（北政所）は南の空が真っ赤に染まった空を見上げて自分たちが作り上げた大坂城が炎上しているのが見えた。関ヶ原後、淀殿に何度も時勢が変わり、徳川の世になったのに、いつまでも豊臣家の家臣であるとして、徳川の下風に立つことに躊躇いをすることが大きな障害を起こし、取り返しがつかぬようにならない為に諫めたが、そのことを聞かずに反抗したためこのような結果になってしまった。淀殿は二度の落城の憂き目に遭ったが、一度目は実父・浅井長政で二度目は養父・柴田勝家であった。両人とも自害したが、淀殿は辛酸を嘗め尽くして、階段を上ったわけではない。夫・秀吉や徳川殿のように辛酸をなめて、這い上がって苦労をしてきたわけではない。

秀頼を一度も戦場に出したこともなく、大坂城に秘蔵のようにして、育て上げてきたのである。人間は一人では生きて行けない。多くの人と交じり合って、その中で揉まれ、喜びや憎しみや悲しみや痛みを受けなければ、健全に育たない。人の痛みは自分で受けなければ、その痛みも悲しみも分からない。そのように手を掛け過ぎた結果が不幸を招いたのであった。淀殿は秀吉によって落城を強いられたので、当初は秀吉を恨んでいた。その後、側室になって、その恨みを晴らそうとして、他人の子を生んだに違いなかった。秀吉は、側室は数えきれないほどの者がいた。三条局殿、三ノ丸殿、松ノ丸殿、姫路殿、加賀局殿等いずれも武家の名家の娘である。秀吉は生まれが卑しく、武家で名門に憧れ、名家であれば、だれでも側室にしようとしていたと想像できた。

秀吉が亡くなるとそれぞれの実家や縁ある家に引き取られ、再縁したりして淀殿しか大坂城に残ってない。淀殿が子を生んだという事実のみで、大坂城の主になって権勢を振るうようになった。豊臣家の家臣が来ても、何時も秀頼を側において下知をしていた。淀殿は官位も何もない。秀吉はどんなに側室を持っても子が出来なかった。それが淀殿にだけ子が出来たことに疑いが強くなってきた。淀殿は癇癪持ちと嫉妬心が強い質である。その性格が多くの敵を持つようになったのである。

湖月尼公は天下人になった秀吉と共に歩んだ道を振り返って、自分の人生は何であったのか、おびただしい経験は苦労と喜びと悲しみと憎しみと恨みを受けてきた。その数々の出来事は徳川殿に破壊されていった。その徳川殿に関ヶ原の戦いで豊臣恩顧の大名に支援するようにしたわけは、淀殿との確執だけではなかった。幼い秀頼では政治を司る器量がなかった。淀殿は気位が高いだけで、豊臣恩顧の大名を包み込む器量に欠けていた。時勢が変わったので、徳川殿の下風に立つことを心得れば、少なくとも豊臣家を取り潰すことはしなかったであろうと思うのである。人生はどんなものを残しても、時間と共に消え去る運命なのだと思った。ただ、生きているうちは精一杯の努力をして、いろいろな経験を積み、実り豊かな人生を歩むべきと思った。秀吉は辞世に歌を詠んだが自分の人生を映し出したようである。「露と置き露と消えぬるわが身かな、難波のことは夢のまた夢」（湖月尼公）は辞世の詩のようで、生きているうちは全力を尽くして、生き抜くことであると思えるのであった。

家康は大坂冬の陣と夏の陣に参戦して勝利を収めたが、特に夏の陣において敵方は堀も埋められ、兵力も大きな戦力の差があったが、豊臣方の命を捨てて向かってくるものには、百万の兵力に勝ることを教えられたのである。家康は自分の人生を振り返って、感慨深いものを感じ取っていた。幼少の頃、隣国の大名・今川義元の人質として過ごし、田楽狭間の戦いで、今川義元が織田信長に惨死させられ、ようやく解放されると、信長と同盟を結び、形の上では同盟者であるが、信長の属国として忍従してきた。信長には自分の正室・築山や嫡男の信康も謀反の疑いを掛けられ、殺害を強要されてきた。

信長が本能寺の変で横死すると、今度こそ、自分の番が巡ってきたと思っている矢先に、織田の家臣・羽柴秀吉が機略を使い、滝川一益を倒し、柴田勝家を賤ヶ谷で打ち破り、あっという間に天下人になってしまった。太閤殿下が権勢を振るって、約二十年の長きにわたって、忍従の連続が自分の人生であった。信長公は四十九歳で無念の死に合い、太閤殿下は六十二歳で、天命を受け、自分は殿下と四歳の年齢の差があり、殿下の死から約二十年に渡って、生きながらえてきた。常に健康に気遣い、身体の鍛錬をしてきたのである。しかし、自分は信長公のような天才肌の武将ではないし、太閤殿下のような機略の持ち主でもないし、優秀さもない。全くの凡人であるため人の意見を聞いて、人のいいところを真似て焦らず、自分の夢を捨てずに歩んできたつもりである。

これからは徳川の世を長く続ける手立てを考えるべきであると思っていた。そして大坂城は埋め立てられ、徳川家康によって再建された。秀吉に授けられた豊国大明神の神号が廃止され、豊国廟は閉鎖された。家康は豊臣秀吉の遺産を廃止することによって、徳川の世を確実に、揺るぎないものと後世に残すつもりでいたものと思われた。明治維新後に、豊国大明神は復活し、東照宮にも信長や秀吉が祭られるようになった。一六一六年（元和二年）一月に鷹狩りに出て倒れた。三月二十一日、朝廷から太政大臣に任じられ、武家出身者としては平清盛、足利義満、豊臣秀吉についで史上四人目であった。四月十七日、午前十時頃、駿府城において享年七十五歳で死亡した。「東照宮御実記」の中に、二首を辞世の句として謡っている。

一、「嬉しやと再び目覚めて一眠り、浮世の夢は暁の空」

一、「先にゆき跡に残るも同じ事、つれて行かぬを別と思ふ」

徳川家康も一生涯、夢を持ち続け、一歩ずつ階段を昇り、また次の目標に向かって邁進していった。飽くなき夢の実現の為に、どんな境遇に置かれても夢に向かって、挫けずに歩み続ける強い精神が必要な気がする。なお、家康は生まれた時から厳しい現実に晒され、自分の意志で自分の人生の生き様をこの世に精一杯描いたら、どのような絵が出来上がるのか、出来上ったその絵こそが家康自身といえよう。その評価は後世の人たちがするのみであり、人間とは過ぎ去ると実にはかない一生であった。しかし、この世に生まれて、精一杯生きることが人間に与えられた神からの贈物であるような気がするのは筆者だけではないと思う。

参考文献

司馬遼太郎氏の『関ヶ原』『城塞』『新史太閤記』『覇王の家』『功名が辻』
永井路子氏の『王者の妻』
会田雄次・谷沢永一氏の『歴史に学ぶライバルの研究』
嶋岡　晨氏の『豊臣秀吉』
橋田壽賀子氏の『おんな太閤記』
小山市の『小山評定武将列伝』
WiKipediaの各武将達

著者プロフィール

安田 稔（やすだ みのる）

1942 年、栃木県に生まれる。
1967 年、立命館大学理工学部土木工学科卒業後、栃木県上級職公務員試験に合格し、栃木県庁入庁。
1974 年、栃木県庁を退庁後、ヤスダ建設コンサルタンツ(株)設立。
1991 年、統一地方選挙にて、県議会議員となる。
8 月、法人税法違反事件で逮捕される。
12 月、栃木県議会議員を辞任。
1992 年、ヤスダ建設コンサルタンツ(株)をオリエンタル技術開発(株)に商号変更し、取締役会長に就任。現在に至る。

著書『甦る夢』上・下（2004 年、文芸社刊）

小山評定

2015年11月15日　初版第1刷発行

著　者　安田 稔
発行者　瓜谷 綱延
発行所　株式会社文芸社
〒160-0022　東京都新宿区新宿1－10－1
電話　03-5369-3060（編集）
03-5369-2299（販売）

印刷所　株式会社平河工業社

ISBN978-4-286-16888-3